ベリーズ文庫

お別れした凄腕救急医に見つかって最愛ママになりました

未華空央

STARTS
スターツ出版株式会社

目次

お別れした凄腕救急医に見つかって最愛ママになりました

お別れした凄腕救急医に見つかって
最愛ママになりました

1、プロローグ

小さな手が、ギュッと私の指を握りしめる。

手を繋ぐというより、どちらかというと掴まれているような感覚は、なにがあってもこの子を守っていかなくてはならないという使命感をいつも強く感じさせてくれる。

衣緒《いお》には、私しかいないのだから。

「ママー、みなとおじさんのところたのしみだねー」

「うん、楽しみだね。衣緒はおじさんに会うの久しぶりだね」

「うん！」

今日は、数年ぶりに東京《とうきょう》へ遊びに行く。

娘の衣緒にとっては、生まれて初めての東京だ。地元にはない水族館や遊園地などに行くのを楽しみにしている。

東京滞在中は、以前ルームシェアをしていた弟の湊斗《みなと》のところで数日間お世話になる予定だ。

「ママー？」

「んー？」

高速バスが停車するターミナルに近付いてきた時、衣緒が私を見上げる。

目を合わせると、彼女は進行方向に視線を戻した。

「いおには、どうしてパパがいないの？」

パパ——そのフレーズにずきりと胸が痛む。

引き攣《つ》りそうになった顔に無理やり笑みを浮かべた。

「衣緒にも……パパはいるよ。でも、遠くにいるから、会えないの」

「とおく？　どこ？」

「すごく遠く。でも、きっと元気で衣緒のことを想ってくれているからね」

衣緒には、生まれた時から父親がいない。

だからこうして、時折パパの存在を私に問いかけてくることがある。

彼女の視線の先には、パパとママに手を繋いでもらっている同じ歳くらいの女の子の姿があった。

三歳を目前にして、徐々に周囲と自分の家庭環境が違うことに気付き始めた衣緒は、自分には〝パパ〟という存在がいないことを疑問に思うようになってきたのだろう。

今はまだ、こんな風に曖昧に『遠くへ行ってしまって会うことはできない』と話すだけで済むかもしれないけれど、いずれそれでは納得しない日がくるに違いない。

その時になんて伝えようか……まだ、私自身にもそれはわからない。

「パパにあえる？」

「うーん、どうかな……」

この子の父親に会うことは、もう二度とない。会うことは許されないから。

だけど、大きな目をキラキラさせて聞かれると、こんな風に濁すような言葉が勝手に出てきてしまう。

いつか会えるかもしれないと希望を持っている衣緒に、厳しい現実をつきつけるのは酷すぎて……。

「衣緒は……パパに会いたいの？」

「パパにあいたーい！」

衣緒は満面の笑みで即答する。

自分で聞いておきながら、またずきっと胸が痛んだ。

「ママとね、パパと、いおちゃんと、さんにんでごはんたべて、みんなでおふろにはいって、いっしょにねるの」

普通の家族なら当たり前のことを、衣緒は夢を語るように口にする。

この子をこんな環境で生み育ててしまったことは、私のエゴだったのではないだろうかと、その事実に追い詰められる。

だけど、宿った命を、この子を、産まなかった未来なんて私には考えられなかった。

心から尊敬し、初めて愛するという言葉の意味を教えてくれたあの人との子を、なかったことになんてできるはずもなかった。

「うん、そうだね。いつか、そんな日が来たらいいなって、ママも思うよ」

「うん！」

まだ、夢から覚めなくてもいい。

今はまだ、この子にそんな夢を見せてあげても、神様はきっと許してくれる。

そんなことを思いながら、小さな手を握り直した。

2、仕事ひと筋フライトナース

《東京消防庁調布《ちょうふ》消防より、ドクターヘリ要請です》

救命センターにコールが鳴り響くと、そこにいるすべての人間が耳を傾ける。しかし、患者を目の前に決して手は止めない。

《中央自動車道、調布インターチェンジ付近でトラックと普通自動車数台による事故が発生。少なくとも十数名の傷病者《しょうびょうしゃ》が出ています》

周囲に緊張が走る。即座にドクターが「飛べますか?」と、ドクターヘリ要請の窓口であるCSに問い合わせる。

すぐにCSから《調布方面視界良好、飛べます!》と返答がきた。

救急要請の受話器を取っていた元宮《もとみや》先生が「出動します」と答える。

「武藤《むとう》先生と俺、佐久間《さくま》で行く」

元宮先生の指示に次々と返事の声があがる。

「輸血追加、オーダーお願い」

急遽《きゅうきょ》、元宮先生と共に出動することになり、一緒に処置にあたっていた後輩の看護師に仕事を託した。

『東日本医科大学病院』救命救急センター。ここには日夜、緊急を要する様々な患者が搬送されてくる。

そしてこの病院は、十年ほど前からドクターヘリの基地病院としてドクターヘリ事業を展開。日本国内でもドクターヘリ事業の先駆《さきが》けとなったと言われている。

私、佐久間芽衣《めい》は、この東日本医科大学病院の救命救急センターに看護師として勤めている。同時に、フライトナースとしての任務も担っているのだ。

出動に備え、急いで身支度を整える。ジャケットを羽織り救急バッグを担いで、ドクターふたりに続いて通用口を飛び出していく。

病院内のヘリポートには〝Doctor Heli〟とボディに書かれたヘリコプターが待機している。走ってきた私たちが乗り込むと扉が閉められ、すぐにヘリコプターは離陸した。

「新しい情報があれば共有してください」

元宮先生が消防に問い合わせる。機内に聞こえてくる消防からの情報に備えてメモを用意した。

《現在、レスキューによる事故車両からの傷病者救出が続いています――》

消防からの事前連絡を聞き逃すことなく、現場に降り立ってすぐに動けるように準備する。

始めは緊張しっぱなしだったこのヘリコプターから見下ろす景色にも、フライトナースになって三年目の今、日常の景色として馴染《なじ》み溶け込んできている。

配属当初はヘリでの出動にも緊張したし、その先で待っている患者に対面することにも緊張した。

何年もかけて経験を積み、今の自分にまで成長したのだ。

今年、二十九歳になる私は、看護師になって早八年目。

看護学校を卒業後、ここではない総合病院の救命救急で五年ほど勤めた。

フライトナースを目指そうと思ったのは、看護師になって三年目の二十四歳の時。

休日に両親と三人で出かけた小旅行で事故に遭ったことがきっかけだった。

私の実家は名古屋《なごや》で、両親が数日間東京に遊びに来ていた最終日のこと。

その日は、朝からレンタカーを借りて茨城《いばらき》県へ行き、さくらんぼ狩りや桃狩り、魚市場でマグロの食べ放題を楽しんだ。

その帰り道。茨城から東京に向かって運転していた父が高速道路上で事故に巻き込まれた。

事故の原因は、前の車の運転手の居眠り運転。

前方を走っていた乗用車が蛇行《だこう》運転をし始め、カーブを曲がり切れず高速道路上の壁面に衝突、横転。周囲の自動車をも巻き込み大事故となった。その中の一台が私たちの乗るレンタカーだったのだ。

その事故で、父は頭部を強打し、意識不明に。

当時、看護師三年目だった私は、動揺しながらも母と共に父を車から運びだし、衣服を緩めバイタルチェックを行った。

多くの傷病者で溢れ、混乱する中、そこに現れたのがドクターヘリだった。

通行止めとなった高速道路上に、ヘリコプターが着陸したのには驚いたし、そこからドクターと看護師が現場に駆けつけ即座に医療行為を開始したのには衝撃を受けた。

ドクターヘリという存在は医療従事者としてもちろん知っていたけれど、自分たちがそのお世話になるとは思いもしなかったからだ。

頭部を強打し一時意識を失っていた父にも、すぐにドクターの診察が回ってきた。

軽い脳震盪《のうしんとう》と診断されたものの、念のためにCTの撮影をオーダーしてくれた。

その時、的確な診断と治療を行ってくれたのが、今、一緒に現場に向かっている元宮克己《かつみ》先生だったのだ。

壮絶《そうぜつ》な現場に駆けつけ、ひとりでも多くの傷病者を救うために最善を尽くす。

その姿を目の当たりにし、私は激しく心を揺さぶられた。

もともと救命のナースをしていたこともあったのかもしれないけれど、私が従事したいのはこの仕事だと、あの時はっきりと目標ができたのだ。

その後、フライトナースになるために救命救急で二年間勤務を続けた。

その期間中に必要な勉強を自主的に行い、『日本航空医療学会』が主催するドクターヘリ講習会も受講した。

そして、約二年前、この東日本医科大学病院の救命救急を志願して転職に挑んだ。

それまでの救命での看護歴が役に立ち採用が決まり、ちょうど希望していたフライトナースの枠も空くタイミングだったのだ。当時フライトを務めていた先輩が退社をすることになり、希望して就職してきた私にバトンが引き継がれた。

それから約二年間、私はここで念願だったフライトナースとして日々従事している。

「高速道路上に間もなく着陸します」

パイロットより機内にアナウンスが流れる。

ドクターヘリは着陸態勢に入り、慌てて看護記録のノートをバッグに押し込めた。

重低音と共にヘリが着陸した振動を受ける。

すぐに外側から扉が開かれると、救急隊が駆けつけ「こちらです！」と現場へ先導していく。

先に降りて勢いよく走りだしたドクターたちを追いかけ、現場へと駆けていった。

「東日本医科救命センターの元宮です。状況は」

元宮先生が現場で指揮を執《と》っている救急隊に確認を取る。救急隊は私たちの到着を今か今かと待っていた様子で、「お願いします！」と傷病者のもとへ案内していく。

大破した車や地面に散らばるガラス片が目に飛び込む。

ブルーシートが敷かれた簡易的な広いスペースには、事故に遭った人々が座り込んだり、横になったりして搬送を待っている。

「先生！　意識レベル低下してます！」

奥で大きく手を振る救急隊員の姿に、元宮先生が駆けていく。

その後に続くと、手足をだらんとしてブルーシートに横たわっている男性の姿があった。

「東日本医科救命センターの元宮です。わかりますか？」

患者に呼びかけつつ、元宮先生はペンライトをジャケットから取り出し、瞳孔《どうこう》を確認する。

そして即座に「うちの脳外は搬送可能か」と、私に目を向けた。

その真っ直ぐで真剣な視線には、いつも緊張感を持って受け答えする。

すぐに本日の院内の予定を思い出し、「はい」と即答した。

「今日はこの後湯沢《ゆざわ》先生のオペが一件ありますが、オペ室の空きはあります」

「それなら、このまま戻って俺が入る」

「わかりました。連絡入れます」

指示通りスマートフォンを取り出し、病院に問い合わせる。

これから戻って元宮先生がオペに入ることを伝えると、すぐに受け入れ態勢を整えると返答をもらった。スマホを手にしたまま「元宮先生、搬送可能です」と知らせる。

次々に傷病者を診ていく元宮先生について現場を回り、トリアージの優先順位が高い患者から搬送が開始されていく。

ひと通り傷病者を診て回ると、私たちも緊急オペとなる患者と共に再びドクターヘリへと乗り込んだ。

出動後、院内に戻り使用した物品をチェックして、大きく広げた救急バッグに補充する。リュック型の救急バッグは、十キロほどの重さがある。中には気管挿管《きかんそうかん》の器具一式や、気道確保のために使用する気管切開セット、心肺停止状態の傷病者に使用する点滴などがぎっしりと詰め込まれ、成人用と小児用が用意されている。

どこになにが入っているかは、使う私がしっかりと把握していないと現場での時間ロスとなるため、補充も決して人任せにはしない。

現場に出てなにか足りないものがあったとしたら、患者の命を救えないなんていう事態になりかねない。

そんなことは絶対にあってはならないのだ。

「芽衣、休憩してないんじゃない？」

ちょうどチェックが終わったタイミングで、後方から声をかけられた。

振り向いた先にいたのは、同僚の町田《まちだ》美波《みなみ》。同じ歳で看護師歴も一緒だけれど、この病院では一年先輩にあたる。

でも、同じ歳ということもあり転職後すぐに仲良くなれた。

美波とは雰囲気が近いものがあり、お互いに引き寄せ合った感じがあった。

身長はまったく同じ百五十八センチ。下着の話題になった時は、同じCカップだということも知った。

髪の長さもセミロングで、前髪も少なめなシースルーバング。

でも、決定的に違うのは、美波の方が大人っぽいしメイクが上手だから断然垢抜《あかぬ》けているところだ。

私はというと、チャームポイントと言えば二重の目くらいなもので、童顔だからこの歳になっても学生に間違われることがある。それを払拭するためのメイクの技術も上がらない。大人っぽく見えるメイク方法の動画を見て研究していることは誰にも内緒だ。

「あー、うん。タイミング失った感じ」

「お昼食べてないんでしょ?」

「うん、でも……」

腕時計に目を落とすと、もう十五時半を回ろうとしている。今からランチという時間でもない。

「もう終業近いし、大丈夫。ありがとね」

「そう? ここ終わったなら、お茶休憩でも行ってきなよ、数分でも」

「うん、じゃあちょっとだけ抜けてくるね」

確かに、お昼を食べずとも少し休憩したい。朝出勤してから、気付けばノンストップで働いてこの時間になっていた。

救命で働いていると、時間の経過があっという間ということは日常茶飯事だ。

「あ、そうだ。今日仕事終わったら由香《ゆか》さんと飲みにいくけど、芽衣も一緒に行かない？　イタリアン、好きだよね？」

思い出したように美波は私を振り返る。

由香さんとは、この救命で一緒に働いている三年先輩の看護師、桂木《かつらぎ》由香。ここに就職した当時、私の教育係を担当してくれた人だ。私より一年先に勤めている美波も由香さんに教育係を務めてもらったらしく、私たちふたりにとっては頼れる先輩だ。

「うん、行く行く」

「よし、じゃあ決まりね」

そんな約束を交わし、それぞれ業務へと戻っていった。

看護師の仕事は、日勤の時は八時半から十六時半まで。夜勤は日勤と交互にやってくる形で、十六時から明朝九時まで。夜勤中の深夜には、交代で三時間ほどの仮眠も取れる。夜勤明けは当日と翌日が休日となるため、感覚的には一日半の休みがもらえる形だ。

ただ救命のため、日勤も夜勤も状況次第で時間通りに終わらないことはやむを得ない。けれど、今日は夜勤メンバーに無事引き継いで定時で仕事を終えることができた。

「お疲れ様ー、乾杯」

病院から徒歩五分ほどのところにあるイタリアンレストラン。

テラスにあるテーブル席には、少し前に三人分のワイングラスが置かれたばかりだ。

窯焼きピザが美味しいと人気で、平日でもいつも満席のことが多く、予約必至のお店だ。今日は急遽、人数が予定より増えたけれど、席に余裕があったようで予約の変更が可能だった。

「……んー、美味しい」

乾杯後、早速ワイングラスに口をつけた美波が歓喜の声をあげる。

仕事後に飲む一杯はやっぱり最高に美味しくて、五臓六腑《ごぞうろっぷ》に染み渡る。

今日は日中、七月に入って一番の最高気温を叩き出したこともあり、夕方になってもまだ蒸し暑さが残るからなおさら冷えたワインが美味しく感じるのだろう。

「佐久間が行った高速事故の搬送患者、元宮先生がオペして正解だったみたいね」

今日のことを振り返るように由香さんが話題を切り出す。

元宮先生が優先順位を上げて搬送した頭部外傷の患者だ。

ドクターヘリで搬送後、元宮先生が自らオペに入った。開頭血腫除去術《かいとうけっしゅじょきょじゅつ》が行われ、オペは滞りなく終えられたと聞いている。

長年、救命でフライトドクターを務めている元宮先生は、もともとは脳神経外科出身のドクター。

事故による頭部外傷の患者などは、現場に出動しながら病院に戻ってオペに入ることも少なくない。

フライトドクターであり脳神経外科医でもある元宮先生は日々多忙だ。

「あとは、順調に回復していけばいいけど……」

早速注文後に運ばれてきたマッシュルームサラダをみんなの取り皿に盛りつけながら由香さんは言う。

事故による頭部外傷では、オペが必要となる場合は脳自体へのダメージが非常に大きい。オペで血腫を取り除いても、脳の腫れによっては術後に急変し死亡することもある。また、意識障害で植物状態になったり、回復しても麻痺《まひ》が残ったりする場合もあるのだ。

「そうですね。最善は尽くしているはずですから、あとは経過を見守っていくしかないですけど」

三人分のサラダを取り分けた由香さんが「ほら、食べよー」と一番にフォークを手にする。

その様子を横目に「ありがとうございます」と倣《なら》ってフォークを取った。

「私、未だに元宮先生とまともに話したことないんですけど、やっぱり厳しくて怖い人なんですか？」

お酒も進んで二杯目をオーダーした後、お待ちかねのマルゲリータピザが届き、ピザカッターで切り分け始める。みんなの取り皿にピザを配っていると、美波が急にそんな話題を出した。

問われた由香さんは「それ、私より佐久間が一番わかってるんじゃない？」と私に話を振る。

「え……まぁ、厳しいというか、真面目？　怖いっていう感じも、あるのかな……」

この中では、フライトナースとしてフライトドクターである元宮先生についていくことの多い私が、一番元宮先生と一緒に業務を共にしている。

でも正直、そんな私でも元宮先生のことはよくわかっていない。

業務に関しては、手厳しい部分はもちろんある。ミスすれば感情の読み取れない無表情な顔で淡々と注意されるから、いつまで経ってもそれに慣れることはない。

いっそのこと、わかりやすく怒鳴ってくれる方がいい。怒られているんだ、先生の機嫌を損ねてしまった、と、わかるからだ。

だけど、元宮先生は一切表情を変えることがない。

その上、切れ長の目に鼻筋の通った端整な顔立ちは、それだけでこちらの緊張を倍増させる。

さらに、彼のスペックの高さがより近寄りがたさを感じさせている。

国立の医大を首席で卒業した上、海外で脳外科医としての腕を磨き、のちに救命医としてフライトドクターになったと聞く。それが今から六年ほど前、彼が三十歳の時だと聞いた。彼の父はこの大学病院の院長で、祖父は会長。つまり、医者家系の御曹司だ。

「やっぱり。なんかさ、あの整った顔だから、余計怖さ増し増しなんだよね。睨まれるとドキッとするし」

「なに、町田、元宮先生みたいなのが好きなわけ？」

美波がドキッとするなんて言ったからか、由香さんは口角を上げて意地悪く美波に質問する。

「違いますよ、そういうドキドキじゃないです！　イケメンハイスペですけど、怖いから無理です。だったら、武藤先生の方がよっぽど好きになる可能性あります」

武藤先生というのは、同じ救命救急で共に働くアラサー独身ドクター。くまさんのようなほっこりした見た目で、いつも汗をかいている人だ。元宮先生と容姿は真逆のタイプになる。

それを聞いた由香さんは「武藤先生派か」と、あははは と声をあげて笑った。

「でも、佐久間頑張ってるよね。なかなかさ、フライトナースが育たないって言われてて、後任決まらなかったから」

私の前任者が結婚し、妊活を始めるということを上司に相談し、後任を探し始めたのだという。私が就職する前にふたりほど引き継ぎをした看護師がいたらしいが、そのふたりは仕事が続かず後任にはなれなかった。

そんな時期にちょうどフライトナースを熱望してきた私が就職し、独り立ちすることとなって、前任者は無事退職することができた。

なかなか後任が育たないという事態を受け、私がフライトナースになってからは万が一に備え、フライトナースを育てようという動きも活発化している。

「でもそれって、元宮先生が厳しいからだって小耳に挟みました。実際どうなんですか？」

美波が由香さんに聞く。由香さんは小さく「うん」と頷いた。

「みたいねー、怒られて、耐えられなかったんじゃない？　でも、単純にメンタルが弱めだったんだと思うけどね。元宮先生だって、怒ったり注意したりする必要があったから指導をしたんだろうし」

由香さんの言う通りだ。

たとえ厳しくされても、それはすべて患者のため。人の生死に関わる現場で働く医療従事者としてミスは許されない。

これまで元宮先生のそばで働いてきて、私自身も幾度となく厳しい指導を受けてきた。決して理不尽なことで怒られたことはないから、去っていった人たちは元宮先生とは合わなかったということなのだろう。

「そうなんですね。それを聞くと、芽衣はやっぱり頑張ってるよ！」

美波にまで褒めてもらい、なんだか気恥ずかしくなってくる。普段はそんなこと言ってこないのに、みんな少し酔いが回り始めているのかもしれない。

「そうなのかな……私は、今の仕事に就きたくて転職してきたくらいだからね。多少のことじゃ辞めたりしないよ。まぁ、元宮先生は、私もそこまで得意じゃないけど……」

そう言うと、美波は意外そうに「え、芽衣も？」と目を大きくする。

「それは、まぁね。みんなと同じだよ」

「元宮先生ってさ、仕事以外の話をしてるの見たことないんだよね。なんかプライベートな会話したことある？」

美波がそう言うと、由香さんも同意するように頷く。

「確かに。医局の歓送迎会とか飲みとか来てもひとりで飲んで帰るイメージだもんね。業務外の話をしたことある人っているのかな」

由香さんのそんな言葉を聞きながら、過去に一度、元宮先生とプライベートな話をしたことを振り返る。

それは、今の東日本医科大学病院に就職が決まって、すぐの頃。

まだ私がフライトナースに配属されて間もなくの時だ。元宮先生の存在を知って驚いた。

まさか、あの事故の時にお世話になったドクターと一緒に働くことができるなんて思いもしなかったからだ。

私にとっては、フライトナースを目指すきっかけになったあの一件。

事故当時は、どこの基地病院が消防の要請を受けて出動してきたなんて知る由もなかった。それに加え、事故での動揺もある。

そして、救命救急というのは、継続的に同じ患者を診る診療科ではないため、患者と医師や看護師との関わりは濃くないものだ。

でも、元宮先生は私の中で強く印象に残っていた。

混乱を極める現場で冷静に指示や診察を行い、次々と傷病者を診ていく姿。あの壮絶な現場で、元宮先生は私の目に救世主のように映っていた。

それに加え、目を奪う容姿の持ち主というのも相まって非常に印象深かった。

だから配属が決まって間もなく、元宮先生をひと目見てあの時のフライトドクターだと気付いたのだ。

間違いないと確信を持ってすぐ、元宮先生に直接声をかけた。

満開だった桜が散り始めた、四月上旬の夕方近い時間のこと。

その日も今日のように救命センターが昼頃から多忙を極め、お昼休憩をとるタイミングを失った日だった。

先輩看護師から少し休憩してきていいと言われ、朝も大して食べておらずお腹が空いていた私は、病院内のコンビニでおにぎりを買うため急いでいた。

梅干しおにぎりをひとつだけ買い求め、コンビニを出て裏手のテラスで急いで食事を済ませようとおにぎりの包装を剥いていた時、向こうからミネラルウォーターのペットボトルを片手にぶら下げ、スクラブの上に白衣を羽織った元宮先生がひとり歩いてきたのだ。

近付いてきた姿に『お疲れ様です！』と無意識に声をかけていた。

ついでに立ち上がった私を、元宮先生が不思議そうな視線で眺めたことは今もよく覚えている。切れ長の目に、思わずどきりと緊張したことも。

慌てて手に持っていたおにぎりをテーブルに置いた。

元宮先生は『お疲れ様』とそのまま私の前を通過しかけたけれど、私はなにを思ったのか『あの！』と再び無意識に声をかけていた。

『私、以前、先生にお世話になったことがあって……あ、私というか、父がなんですけど、高速道路の事故で、一時意識を失って』

元宮先生に再び会うことができた時から、話す機会があったらあの日のお礼を直接伝えたいと思っていた。今がそのチャンスだと思ったのだ。

『そうか』

でも、元宮先生から返ってきた言葉は呆気《あっけ》ないひと言だった。

以前診たという縁に特に驚いた様子もなく、かといって穏やかな笑みを見せるなんてこともなく、ただただいつも通り仕事中と同じ無表情な顔で私を見つめる。

『その節は、大変お世話になりました！』

お礼を口にし、勢いよく頭を下げる。

元宮先生から返答はなく、恐る恐る顔を上げるとジッと私のことを見下ろしていた。

『お父様は、その後はどうなんだ』

『あ、はい！　おかげ様で、今は問題なく元気にしています』

『そうか』

考えてみれば、元宮先生にとって父は日常の仕事の中で診た、多くの傷病者の中のひとりにすぎない。

私たち家族にとってみればあの事故は大きな出来事だったけれど、元宮先生にとってみれば覚えてもいないことなのだ。

そう考えると、こうして改まってお礼を言われても元宮先生的には困惑するだけかもしれないとふと気付き、気まずくなってくる。

でも、あの時、元宮先生たちが来てくれなかったら、私を待っていた未来は変わっていたかもしれない。

父を診てもらった患者側の立場としてお礼を伝えたいことに変わりはなかった。

『ありがとうございました！』と再びぺこりと頭を下げる。

そしてまた、自分の意識とは別に『あの』と声が出ていた。

『あの時のことがきっかけで、私、フライトナースになりたいって思ったんです。看護師として、私のやりたかった仕事は、目指すものはここだって』

あの時、心を激しく揺さぶられたこと、感じたことのない衝動、それを伝えたくて言葉を紡ぐ。

だけど、十パーセントも伝えられていない気がして気持ちだけが急《せ》く。どう言ったらいいのか考えているうち、元宮先生の薄い唇がわずかに開いた。

『頑張って』

私の目を見てそう言った元宮先生は、気のせいかと思うくらいにほんのり口元に笑みを浮かべ、颯爽《さっそう》とその場を立ち去っていく。

私は立ち尽くしたままその広い背中を見送り、おにぎりを食べることも忘れて数分佇《たたず》んでいた。

「——まぁ、でもさ、今は佐久間が元宮先生について頑張ってくれてるし、安泰《あんたい》でしょ」

由香さんの声でハッと意識が引き戻される。

あの日のことを振り返っていたら、自分の世界に飛んでいたようだ。

気付けば、サラダやピザの他にもエビとブロッコリーのアヒージョがテーブルの上に届いている。

「今はとりあえず後任も順調に育てていってさ、そうすれば、もし辞めたくなった時も退職しやすいしさ」

「由香さん、私まだまだ辞めるつもりないですよ！」

私からの力強い声に由香さんは「マジか！」と笑う。

「よし、じゃあ、東日本医科大学病院救命救急のさらなる飛躍に乾杯だね」

いつの間にか出来上がっている由香さんがグラスをかかげて、「ほら！」と美波と私にグラスを持ってと要求する。

水滴で濡れたグラスを手に取り、二度目の乾杯をした。

翌日。

今朝はわずかに偏頭痛《へんずつう》を感じながら目覚めた。

昨日、予定より飲みすぎたのが原因だとわかっていたから、起きてすぐにコップ一杯の野菜ジュースを一気に飲み干した。

私の体には野菜ジュースが二日酔いに効くらしく、いつからか飲みすぎた翌朝は野菜ジュースを飲むようになった。

「佐久間」

パソコンに向かって夜間の看護記録を確認していると、後方から声をかけられる。

「これ、佐久間宛に届いていたけど、この間受けた試験の結果じゃないかしら」

「えっ、あ、はい」

救命センター看護師長から差し出されたのは、私宛の封書。下部に印刷されている【日本看護協会】の文字が目に入った。その場で携帯しているハサミを手に封を切っていく。

看護師長も結果を待つようにその場に留まり、私は少し緊張しながら中の書類を取り出した。

「……よかった、合格みたいです！」

「予想通りね、よかったじゃない」

少し前、看護協会が実施する認定看護師の試験を受けた。

特定の看護分野において、熟練した知識と技術を持ち合わせていることを証明できる認定試験で、私は今回、救急看護の分野で試験に挑んだ。

もちろん受験資格も規定があり、実務経験が五年以上あること、そのうちの三年は認定看護分野の実務経験が必要だ。

不合格になった受験者の話も聞いていたから少し不安もあったけど、無事合格したとわかりホッとする。

「これでまた看護師としてレベルアップね」

「はい、ありがとうございます」

「上に届けは出しておくわ」

看護師長は私の耳元に顔を寄せる。そして、「給与も上がるわよ」と耳打ちし、ふっと笑ってその場を離れていった。

二日酔いで気分はいまいちだったけれど、舞い込んだ知らせに気分が上がる。

日々仕事をしながらも、学ぶことに終わりはないと思っている。

医療は日進月歩《にっしんげっぽ》。だから、忙しい中でも自分のスキルアップは少しずつでもしていきたい。

着実にレベルアップできているのを、今回の合格で改めて実感できた。

今日は、ささやかにお祝いでもしたいな……。

合格通知をしまって再びパソコンに向かい始めると、ポンと肩を叩かれた。

振り向くと、美波がとなりの席に腰かけてくる。

「あー……昨日、調子に乗って飲みすぎたっぽい」

デスクに肘をつき、額を手で押さえながらマウスに手を置く姿から、なかなかのグロッキーさがうかがえる。

「大丈夫？　私も今朝はかなりだるかったけど……」

「嘘、芽衣は全然そんな風に見えない」

「野菜ジュースで復活した」

「え、野菜ジュース？　二日酔いに効くの？」

「私はね、そういう体質なのかも」

「ものは試しで後で買って飲んでみようかな」

そんな会話を繰り広げている時だった。

向こうから「困ります！」という声が聞こえ、直後にバタバタと騒がしい足音が近付いてくる。

何事かと手を止めスツールから立ち上がると、そこに現れたのはひとりの女性。年の頃は親世代くらいだろう。

勢いよく救命センターのステーションにやってきた女性は、カウンターにダンと両手をつく。

私たちを見る目には、怒りの炎が灯っているように見えた。

「私たちのっ、元通りの生活を返して！　主人を返して！」

女性の叫ぶような声に、その場の空気が一瞬にして凍りつく。

その場に居合わせたすべてのスタッフが一様《いちよう》に動揺《どうよう》したのが肌で感じ取れた。

私をはじめ、美波や他のスタッフを睨むようにして順繰《じゅんぐ》りに見つめる女性を見て、

患者の情報を振り返る。

この方は、確か森田《もりた》さん。少し前にあった水難事故の患者さんのご家族だ……。

一カ月ほど前になると思う。

海での事故で出動要請があり、救急搬送をした。

五十代、男性。釣りをしに船で沖に出て、誤って海に転落。発見時はすでに心肺停

止状態で、現場では心肺蘇生《しんぱいそせい》が行われた。

しかし、心停止の時間が長かったため、蘇生後脳症《そせいごのうしょう》となった。

蘇生後脳症――いわゆる植物状態ということだ。

患者本人が所持していた臓器提供の意思表示カードには、心臓をはじめ臓器提供の希望が記されていた。もう本人の確認は取れないが、意思表示カードのもと、家族への確認を取った上で臓器提供の運びとなった。

その時のことは、私も記憶に新しい。

患者の妻である女性は憔悴《しょうすい》しきった様子で、こちらの説明などに応じていたのは同席していた息子さんだった。

あの時は騒いで反対することもなく、こんな風に取り乱すこともなかったのに、どうして今になって……？

「ちゃんと治療してくれていたら、主人があんな風になることなんてなかったはずよ！　それなのにどうして！」

大声で騒ぐ森田さんに、さっきから彼女を引き留めていた看護助手スタッフが「患者さんもいますので、お引き取りください」と横から退出を促す。

しかし、「うるさいわ！」と、力いっぱい看護助手スタッフの肩を両手で押した。

いよいよ手を出してしまった事態に、このままではまずいと咄嗟《とっさ》に声が出る。

「こちらにどうぞ」

急いでステーションを出て、殺気立つ森田さんをとりあえず応接室に案内する。

心臓が、どうしよう、どうしよう、と困ったように鳴っている。

部屋に入った森田さんが勢いよく椅子を引き出し、どんと腰を下ろす。その動作を目にしただけでも緊張が高まっていく。

「少々、お待ちください」

とりあえず私ひとりではどうにもならないと判断し、一旦退室して応援を呼ぼうと考える。

担当医は一年目の先生だったけれど、今ここに来てもらうべきは彼の教育担当をしている元宮先生の方がいいだろう。あの時の説明にも同席していたからだ。

一礼して森田さんに背を向け、部屋を出ようとした時だった。

「そうやって、平然とした顔して……あの時もそうだったわよね」

そんな言葉の後、椅子の脚が動く音がする。

振り返ると、たった今椅子にかけたはずの森田さんが立ち上がっていた。

再び視線を合わせた私を、鋭く見つめる。

以前にこの同じ場所で見た時の姿とは別人のようで、振り返った姿勢のまま動けなくなった。

「医療従事者っていっても、所詮《しょせん》他人事よね……患者が死ぬのなんて、もう見慣れて

ぐっとこらえないといけないのに。

「っ、そんなことはないです！」

ついかけられた言葉に納得がいかず、反論してしまう。なにを言われても、今はぐっとこらえないといけないのに。

「そんなことない？　よく言うわ。あの時だって、あなた淡々と説明してたわよね。こっちは……家族が、夫が意識不明だったのよ。臓器提供？　生きているのに、体の中のもの全部取り出されて、抜け殻みたいになって死んでいくのに」

森田さんの声は怒りと悲しみが入り混じったような感情で震えはじめる。

こっちを睨みつける目には涙が浮かび、ぽろぽろと溢れ出した。

「それなのに、こっちの気も知らないで、まるで事務作業」

言葉がナイフのようにグサグサと胸に刺さる。

患者やその家族に対して、決して事務作業だと思いながら対応したことはない。

看護師になり、救命を志望して働いてきて、これまで何度も心を抉《えぐ》られるような場面に遭遇してきた。

時には、涙をこらえ切れなかったことも幾度となくある。

でも、そのたびに感情移入しすぎてはいけないと周囲に言われてきた。

私たちは、ただ目の前の傷病者を救うことだけに力を注ぐのみ。患者や家族の人生にまで触れてはいけない、と……。

涙を流してしまえば、きっときりがないし、自分の心ももたない。私たちにできることは、ただ、目の前の患者を全力で助けること。

「そんな風に、感じさせてしまったことは、大変申し訳ありません。でも、私は一切そんな気持ちではなく――」

「あなたにわかるの⁉ 私の気持ちが！ わかるわけないわよね⁉ 同じ目に遭ったわけじゃないんだから！」

激昂した森田さんが目の前までやってくる。

対面すると、いきなり腕を掴まれた。

「どうして、うちの主人があんな目に遭わなきゃならなかったの⁉ どうして！ なんで助けてくれなかったのよ！」

激しく腕を揺さぶられながら訴えをぶつけられていた時、横から森田さんの私を掴む手が止められる。

そこに現れたのは、元宮先生。

いつの間にか応接室に入ってきていた彼は、間に割って入るようにして、森田さんの手を私からはがす。

森田さんは突然のことに、言葉をぴたりと止めて私たちから距離を取った。

「お待たせしました。どうぞ、おかけ直しください」

混乱する現場に、元宮先生のいつも通り冷静な声だけが聞こえる。

今日はこれから外出で病院を出る予定の元宮先生は、スクラブではなくスーツの装いだ。

「主人はなぜ助からなかったんですか！　心停止からまた心臓も動いたのに、どうして意識が戻らなかったの⁉　なんで臓器提供なんて」

「ご主人は発見時、心停止してからかなりの時間が経過していました。おそらく、救命できる限界近くの時間です。あの時も説明いたしましたが、心肺停止の時間が長いほど、心肺蘇生で心臓の動きが戻った際、脳への打撃が大きい。これは、人間の体の構造上仕方のないことなんです」

元宮先生の落ち着いた口調での説明で、森田さんは口を噤《つぐ》む。ジッと元宮先生を見上げたまま、ただただ訴えるような目をしていた。

「心臓が動き出したのに、意識が戻らない。このまま戻ることがないと説明を受けて、ご家族が納得いかないのはわかります。我々も、できることなら元通りの生活を送ってほしいと思っています。しかし、最善を尽くしても限界がある場合があることも確かです」

元宮先生の言葉を受け、森田さんは声をあげて泣き始めた。

その場でどうしたらいいのかわからず立ち尽くしている私に、元宮先生は目配せして退室していいと伝えてくる。

一礼し、元宮先生と泣き崩れる森田さんに背を向け、静かに応接室を後にした。

その日の終業時間後。

私はひとり、病院からほど近い和風モダン居酒屋に立ち寄った。

昨日は由香さんと美波と飲みに行き、若干二日酔い気味だったからお酒を飲まないつもりだったのに、気付けばほとんど吸い込まれるように店に入っていた。

席に案内されてから〝なにしてるんだろ〟と思ったけれど、すぐにお通しが出てきて帰るに帰れなくなる。

本当は、帰りにケーキでも買って家でささやかに認定看護師の合格でもお祝いしようと思っていたのに……。

気持ちを切り替えて、夕飯を食べていけばいいやと、一杯だけ梅酒を頼んだ。あとはしらすの和風サラダと、梅おにぎりをオーダーする。

「はぁ……」

無意識にため息が出る。

今日は一日、朝の一件で気持ちがどんよりとしていた。

『医療従事者っていっても、所詮他人事よね……患者が死ぬのなんて、もう見慣れているんでしょう？』

かけられた言葉が、呪いのように心に食い込む。まるで有刺鉄線《ゆうしてっせん》でも心臓に巻きついているんじゃないかと思うほど、ずっと刺さったような痛みを伴っている。

救命にいれば、死を目の当たりにすることはもちろん少なくない。

だけど、そのたびに自分のどこかがすり減っていっている感覚が常にある。

人の死というものに感情がまったく動かない人間などこの世にいるのだろうか……。

少なくとも私には、そうなれと言われても難しい。

でも、これまでも注意されたことは幾度となくある。

必要以上に感情を揺さぶられるのであれば、この仕事は続かない、と……。

私、もしかしたらこの仕事向いてないのかな……今さらすぎる気付きだけど。

ぼんやりとしながらいつの間にか届いていたおにぎりを手に持ち、かじりつく。

「こちらにどうぞ」

近くでスタッフのそんな声が聞こえてなんとなく目を向けると、視界に入ってきたのはよく知る顔。

「あっ……」

思わず声が出てしまった。

私の座っていたカウンター席の横、空いている席に案内されたのはなんと元宮先生。

驚いて、近付く姿をジッと見てしまう。

案内された席のとなりで私がすでに食事をしていたことに気付いた元宮先生は、一瞬ちらりと私を視界に入れたものの、特に気にした様子もなく腰を下ろした。

今日はあの例の一件の後、私は通常業務へ戻り、元宮先生はそのまま外出したようで顔を合わせることはなかった。

「お疲れ様です！」

黙って見ているのは失礼だとハッとし、とりあえず挨拶を口にする。

元宮先生はちらりと私に目を向け、「お疲れ」とひと言口にした。

まさか、こんなところで元宮先生にばったり会うとも思わず、しかも並びの席になってしまうなんてなんだか落ち着かない。

挨拶を交わした後、元宮先生はメニューを眺め始めた。

それを横目でちらりと確認し、梅酒のグラスを手にする。どこか落ち着かない気分のまま、ひと口お酒を含み、箸でしらすサラダを皿に取った。

知り合いと偶然となり同士の席になった時って、どんな風に振る舞えばいいのだろう。たとえばこれが、同僚やよく話す仲のいい職場の人間なら、普通に話して一緒に食事をする流れに自然となるのだと思う。

だけど、相手は気軽な関係ではないドクター。

前に話しかけた時の反応は微妙だったし、どちらかというと話したくなさそうだった。話しかけたことを若干後悔したほどだ。

どうしよう。

このまま気にせず、席を立つ時に「お先です」って声をかければいいだろうか。

でも、顔見知りなのに無言でいるのもやっぱり変？

いや、そもそもそんなこと気にしているのは私だけで、元宮先生はなにも気にもしていないかもしれない。

「おい……垂れてるぞ」

「……？　へっ！」

突然、横から声をかけられてぱっと顔を向ける。

となりの席から元宮先生がこっちをジッと見つめていて、驚いて素《す》っ頓狂《とんきょう》な声を出してしまった。

「え……あっ、やだ！」

なにを指摘されたのかと元宮先生の視線をたどって自分の手元に視線を落とすと、箸でつまんで口に運びそびれていたしらすサラダのドレッシングが、ぽたぽたとテーブルの上に垂れていた。

慌てて手元に置いてあるおしぼりで汚れを拭き取る。

再び元宮先生に目を向けると、ビールと思われるものが入ったグラスを口元に運んでいた。その横顔がわずかに笑みを浮かべているように見えて、ぱっと自分の手元へと視線を戻す。

え……笑ってる？　気のせい？

ぼんやりあれこれ考えていたら、こんなみっともない食事姿を見られていた。

結構派手に垂らしていたから、目に余って仕方なく声をかけたのだろう。

恥ずかしすぎる……。

「ひとりで食事か」

間が持たず無駄にテーブルを拭いていた私へ、元宮先生から再び声がかかる。

「あ……はい。元宮先生も、ですか？」

「ああ、同じくだ」

とにかく会話のキャッチボールが成り立ったことに驚く。

早いところ食事を済ませて立ち去るべきかと思っていたところだったから。

「あの……今日は、ありがとうございました」

なにか言わなくてはいけないと焦って思い浮かんだことが今朝のあの一件だった。

お礼の言葉を口にしてみて、なんか違うなと感じる。

「いや、違いますね。すみませんでした」

あの状況、今思い返しても自分ひとりでは対応しきれなかった。

元宮先生があのタイミングで来てくれたから、収拾がついたのだ。

私が一人前だったら、元宮先生に迷惑をかけないで済んだかもしれない。

「なぜ謝る。謝るようなことはなにもなかった」

「でも……あの場で、うまい対応ができなかったので、先生にご迷惑を」

私のその言葉を最後に、並んでいるカウンター席に沈黙が落ちる。

なにか言葉を発さないと居心地が悪くなってしまうとそわそわし始めた時、となりからぽつりと「大丈夫か」という言葉が聞こえてきた。

「大丈夫です！」

口角を上げて笑みを浮かべ、はっきりとした声で即答する。

でも、不意にあの時のことが蘇る。

森田さんの怨《うら》みのこもった目、掴まれた腕に食い込んだ爪……。

なにより、悲痛な訴えが耳の中に未だはっきりと残っている。

でも、まさかそんなこと、この場で口に出せない。

感情に振り回されて対応が疎かになったなど元宮先生に吐露《とろ》すれば、救命に従事する者として心構えがなってないとか言われてしまうはず。

だから、そんなこと絶対に――。

「精神的にこたえなかったか」

え……？

耳を疑うような言葉に思わず元宮先生へ顔を向ける。

元宮先生は前を向いたまま、私を見ることもなくグラスを持ち上げる。そのまま黙ってビールを口にした。

こんな風に聞いてくれるなら、私の今の心境を隠さず口にしてもいいのだろうか。

元宮先生のことをほとんど知らないから、どう出たらいいのかわからない。

でも、不思議と話してみても大丈夫な気がして、つい「はい」と認めていた。

「正直に言うと、やっぱり、少し……」

カウンターの向こう側に視線を向けたまま、梅酒のグラスを手にする。汗をかいたグラスからぽたぽたとまたテーブルに水滴が落ちた。

「救命で働いていると、今日みたいなことは少なくない。なぜだかわかるか」

「……?」

落ち着いた口調で話す元宮先生の声に、視線を彼に向ける。

元宮先生は、やっぱり真っ直ぐ前を見たまま。私は鼻筋の通る整った横顔をジッと見つめた。

「思いもしない、急な出来事だからだ」

「え……?」

「事故に遭うこと……知らせを受ける家族は、心が追いつかないことが多い」

元宮先生のその言葉で、今まで現場で目にした様々な光景が一気に蘇り頭の中で再生される。

泣きじゃくる家族、状況が呑《の》み込《こ》めず呆然《ぼうぜん》とする家族。

それは、元宮先生が今言ったようにすべてが急な事態だからだ。

なぜ、自分の身内が？　なにかの間違いではないか……。

信じられない思いで病院に駆けつける人間がほとんどだ。

状況が掴めないまま、容態が急変し、最悪の報告を受けることだって少なくない。

私たちが最善を尽くしても、救えない命はもちろんあるから。

「だから、今日の森田さんのように、いつまでも家族の事故を受け入れられない人間もいる。でもそれは、俺は当たり前だと思っている」

「当たり前……？」

「もしも自分が当事者であれば、きっと、受け入れがたいことは間違いない」

家族が、大切な恋人や友人が、突然帰らぬ人になってしまったら――。それは想像を絶する。

もはや、想像なんてできることじゃない。当事者になった人間にしかわからない、絶望と虚無感《きょむかん》が果てしなくつきまとうだろう。

そんなことをぼんやりと考えながら今日の森田さんを思い出すと、自分の対応はやはり彼女にとっては冷たかったのかもしれないと悔やむ気持ちが生まれた。

「そうですね。私も、想像すらできないことですけど……もしそうなったら、森田さんのように自分もなるかもしれないって、思います」

どこにもぶつけられない想いを、どうして救ってくれなかったのかと病院に訴えてしまう気持ちは、責められることでは決してない。

「なんだか、ホッとしました」

ずっとこちらを見なかった元宮先生がちらりとこちらに視線を寄越《よこ》し、視線が交わる。

「あ、ホッとしたっていうのは変な表現かもしれないですけど、今、元宮先生と話せて、今日ずっと抱え込んでいた気持ちが鎮《しず》まったというか……すみません、元宮先生でも、そんな風に思われるんだなって、今日初めて知れたから」

言ってみて、失礼な発言だったかと一瞬思ったものの、再びカウンターの向こうに顔を向けた元宮先生の横顔にわずかに笑みが浮かんだように見える。

気のせいかと凝視して、やっぱりほんの少しだけいつもの無表情とは違う柔らかさを感じた。

「なんだそれ。俺も一応、血の通った人間だぞ?」

「あっ、はい、わかってます。けど、元宮先生が笑ったところとか今までほとんど見たことがなかったので」

かなりレアなものを見た気がして落ち着かない。

私にそう言われた元宮先生は、またふっと息をつくように笑ってみせた。

それから特に言葉を交わすことなく、でも気まずくもない自然な空気が流れる中、お互いに食事を進めていった。

梅酒が空になって、ほどよく酔いも回った頃、ふととなりの席に目を向ける。

元宮先生も食事が終わり、少し前に頼んだハイボールを飲んでいた。

「あの」

私の声に、元宮先生はグラスを置いてちらりとこちらに目を向ける。

空になった梅酒のグラスを両手に包み込み、言葉を選んで口を開いた。

「先生は……今の仕事に、自分は向いてないと思ったこと、ありますか」

今日、ここで元宮先生に会う前までの私だったら、きっとこんなことは口にしていない。自然とそんな質問が出てきていたことに自分自身でも驚いた。

「そんなこと人に聞くなんて、自分は向いてないと思ってるのか」

「あっ……」

質問がブーメランのように返ってきて、言葉に詰まる。

横から視線を感じて、素直に「はい」と頷いた。

急にお酒のことを聞かれて、その場の流れで二杯目も同じものでいいと返事してしまう。

「あ、は、はい」

「二杯目だ」

「え?」

「同じものでいいか」

今日はこの一杯で終わりにしておこうと思っていたのに。

すぐに二杯目の梅酒がカウンター内のスタッフから届けられた。

元宮先生が勧めてくれたこともあり、なんとなく「いただきます」と呟いてひと口目を口にする。

話をするのに、二杯目を勧めてくれたのかもしれないとふと思った。

「もしかしたら向いてないのかなって、思うことはよくあります。仕事は好きなんです、やりがいも感じています。でも……感情を、こらえ切れない時がやっぱりあって」

この仕事に就いて七年。これまで胸を痛めたことは幾度となくある。その数々の場面が頭の中で蘇り、自然と気持ちが沈む。

人の死を目の当たりにすることはもちろん、なによりその事実を受け止めなくてはならない家族を前にすることが、私にとって一番辛く苦しいのだ。

「涙を流すなんて以《もっ》ての外《ほか》だし、感情移入はダメだと、今まで散々言われてきました。でも、どうしても直らなくて……自分、学習能力ないなって」

こんな風に気持ちを吐露しながら、今日も飲みすぎてしまったのかもしれないと反省する。

こんな話をされて元宮先生がどんな顔をしているのかとちらりと横を盗み見ると、元宮先生はグラスを手にしたままぼんやりと正面に視線を向けていた。

「あ……すみません。私の、こんな話を聞いてもらって。先生の貴重な時間に――」

「いいんじゃないか」

謝る私の声を遮《さえぎ》って、黙っていた元宮先生が静かに発言する。

「患者や、その家族、その立場になって気持ちが動くことが、不要な感情だとは決して思わない」

思いもよらない言葉が返ってきて、思わず端整な横顔を見つめてしまう。

「でも、時にそんな風に気持ちが揺らぐことが辛くなり、苦しいと感じることもあるかもしれない。でも、それは君の優しさであり長所だと、一緒に働いてきて俺は感じている。患者の立場に立って考えられるその優しさは、この仕事をする上でとても大事なことだ」

さらに元宮先生から信じられない言葉をかけられて、あれこれ思いを巡らせるよりも先に視界が潤んでいた。

涙を浮かべるつもりなんてなかったから、慌てて顔を正面に戻す。

これまでちゃんと話したこともなかった元宮先生だけど、仕事はチームとして共にやってきた。その中で、私の仕事への姿勢を見てくれていたのだろうか。

まったくそんな素振りもなかったから、ただただ信じられず驚くばかり。

「ありがとう、ございます」

まずい。声が震える。泣きそうになっているのがバレたらおかしな空気になってしまう。

込み上げるものが落ち着くまで黙っていようと俯《うつむ》き、ごまかすようにグラスを手にした。涙をのみ込むように梅酒をごくりと喉に流し込む。

「まぁ、とにかく……少し肩の力を抜いて仕事に挑んだ方がいい」

肩の力を抜く、か……。

考えてみたら看護師になってからというもの、仕事に生きてきた部分が大きい。適度な息抜きもできていないから、こうしてたまに息苦しくなるのだろうか。

「なにか、趣味とかないのか」

「趣味……」

改まって聞かれてみて、自分にはこれといった趣味もないし、特別な楽しみも特にないことに気付く。

「考えてみたら、これが趣味です、って……言えるものはないなって」

なんだか寂しい人みたいだけど、事実だから仕方ない。

「なにか、そういうものがあったら張り合いになっていいですよね」

元宮先生にはあるのだろうか？

ぼんやりとそんなことを考えていると、元宮先生はおもむろに席を立ち上がる。

「明日のオフはなにか予定はあるのか」

「え……明日、ですか。いえ、特になにも」

だいたい休みの日は、ひとりでショッピングに行くくらいしかしないけど、明日は特に出かけるつもりもない。

日頃できない掃除や片付け、時間が余ればおかずの作り置きでもしようと思っていたくらいだ。

「じゃあ明日、いつもの出勤時間と同時刻にうちの職員駐車場で」

「え?」

「カジュアルな格好でいい」

「あ……はい。わかり、ました」

実際は全然わかっていない。

それなのに返事をしていて自分でも驚く。いつも仕事中に指示を受けているような感覚に一瞬陥っていた。

元宮先生は「お疲れ」と言って颯爽《さっそう》と席を離れていく。

「あ……」

ほんのわずかにそう声が出た時には、会計を済ませた元宮先生が店の外へ出ていくところだった。

ちょっと待って、これはいったいどういう展開……?

振り返ってみても、まったく意味がわからない。

明日のお休み、病院で元宮先生と待ち合わせということ?

カジュアルな格好でいいと言われたけど、いったいなにをするのかも聞いていない。

なにか、仕事のことで勉強会でも開いてくれるのだろうか。

でも、駐車場でなにをするの? 救命救急の講習とか……? そのくらいしか見当がつかない。

しばらくひとりで考え込み、数分後に席を立ったけれど、帰りの会計に向かうとすでに私の分の食事代は支払い済みになっていた。

3、初めての感情

少し唐突で一方的な誘い方だったかもしれない。

会計を済ませて出た店を背に、わずかにそんな心配が頭をよぎる。

ああいった場面でどう誘えば正解なのかよくわからないのもあるが、つい仕事で指示するような調子になってしまった。

趣味がないなんて、意外だな……。

勝手に、様々なことに興味を持って多趣味なのではないかと思っていた。向上心があり意欲的な仕事での姿勢を見てきたから、そんな気がしていたのだろう。

たまにふらっと入る病院近くの和居酒屋で、ひとり食事をする佐久間にばったり会った。

普段ならきっと、見かけても声をかけることはしない。

しかし、たまたま案内された席が彼女のとなりだったことと、今朝の出来事がどこかで気がかりだったのだと思う。

彼女の方も、俺から話しかけられるとは思っていなかったのだろう。

声をかけるとどこか驚いたような表情を見せていた。

彼女を前にすると、決まって思い出すことがある。

『看護師として、私のやりたかった仕事は、目指すものはここだって』

看護師としての彼女に初めて会った時に言われた言葉だ。

希望に満ちた、強く真っ直ぐな眼差《まなざ》し。

今もはっきりと覚えている。

正直、その時は圧倒されて気の利く言葉をかけられなかった。

ただ、『頑張って』と言うことしかできなかった。

そんな彼女がフライトナースを志《こころざ》すきっかけになったのが、自身の経験からだと話していた。

日々が目まぐるしく過ぎ、多くの現場、傷病者を診てきて、彼女の父親を診た記憶が鮮明に残っていることはなかった。でも、診てもらった方はしっかりと記憶に残るものだと、彼女の話を受けて改めて感じた。

印象的な出会いを経て、彼女はあっという間にフライトナースへの階段を駆け上がっていった。

勤務態度は至って真面目で、向上心も高く意欲的。周囲への配慮も申し分がない彼女がチームに来てからは、それまでより仕事が円滑に運ぶようになった。

そんな彼女と共に働き始めて、三カ月ほどが経った頃だった。ドクターヘリ要請としては大規模な事故への出動があった。

傷病者は多数、壮絶な現場では救えない命もあった。

救命医になってから、人の死に直面することは少なくない。

慣れていくことはないと思っていたものの、いつしか知らぬ間に耐性ができていたことを自覚していなかった。

そんな中で、彼女の涙をこらえる姿を目の当たりにした。

必死に感情を押し殺し、気丈に振る舞おうとする表情は、彼女の優しさと強さをうかがわせ、目が離せなくなった。

それでも耐えきれず、人知れず涙を流す彼女を目撃した時は、さすがに声をかけようかと口が開きかけた。

でも、彼女は俺が思っているほど弱くはなかった。

『この涙を無駄にしない。しっかりしろ』

そう自分に言い聞かせ、涙を拭いて出てきた姿は、さっきよりも凛《りん》とした姿で思わず目を見張った。同時に、俺の心を激しく揺さぶった。

その日を境に、共に働く彼女のことをより気にかけるようになった。

仕事中の真剣な顔は、それだけで信頼できるし、心強い。

かと思えば、仲間たちと談笑《だんしょう》して見せる無邪気な笑顔はこっちの笑みまで誘うほど明るくて、業務外での彼女はどんな姿なのだろうと興味が湧いた。

この感情がなんなのか、自分自身でも正直戸惑っている。

今までこんな風に誰かの存在を気にかけたことがなかったからだ。

でも、それは明日はっきりわかるだろう。

また明日、彼女に会える約束ができたと思うと、自然と心が高揚《こうよう》していた。

4、意外な一面

翌日。

普段よりも多めにスマートフォンのアラームを設定し、目を覚ましたのは早朝五時過ぎ。日勤の日はいつも六時半あたりに起床するから、いつもより断然早く起きた。

ぼうっとした頭で今日の服装について考える。

「カジュアルな格好って……」

昨夜そんな指定をもらったものの、結局今日なにをするのかはわかっていない。

とりあえず洗面に立ち、いつも通りのメイクをして再びクローゼットへ向かう。

「お、今日はやたら早いじゃん」

廊下に出たところ、ばったり自室から出てきた弟と鉢合わせた。

私の四歳年下の弟、湊斗は今年二十四歳になる社会人二年目。

五年前、大学進学と共に東京に上京し、このマンションで一緒に住むようになった。

私も看護師になってまだ三年目になりたてで、仕事にいっぱいいっぱいだった頃。

そんな時ではあったけれど、上京する湊斗を心配していた両親からの提案もあり、東京で共同生活を送るように勧められたのだった。

ひとり暮らしを続けたいという強い希望もなかった私は、湊斗との同居を快く受け入れた。むしろ、歓迎したくらいだ。帰宅して誰もいない部屋は寂しいと感じていた部分もあったから。

私は夜勤などもあるから生活スタイルは湊斗とは違うけれど、お互い時間が合う時は一緒に食卓を囲むこともある。

転職エージェントをしている湊斗は仕事の出張もあるし、プライベートでも家を空けることもあるから、お互い比較的自由に暮らしている感じだ。

「うん、そうなの。あ、おはよう」

「おはよ。今日休みって言ってなかったっけ?」

サラリとした黒髪マッシュをかき上げながら、湊斗は私の出てきた洗面室へと入っていく。

「うん、休みなんだけど、急遽出かけることになってさ」

そう言いながら自室に向かおうとすると、背後から「なに、デート?」と声がかけられる。

縁のないフレーズに驚いて振り返った。

「ちょっ、そんなわけないでしょ」

「なんだ、違うのかよ。だって、休みの日に普段より早い時間に起きてるとか、珍しいからさ」

確かに、休みの日は朝はゆっくり起きるのが私のスタイル。

私の行動を把握している湊斗からしたら、不思議に思うのは当たり前だ。

「たまたまちょっと早く起きちゃっただけだし、今日は仕事先のドクターに呼び出されたってだけ。行き先も病院だよ」

「なんだそれ、休みの日に呼び出しとか休日出勤みたいな感じじゃか」

「まぁ、そんな感じかな。湊斗こそ、早く起きすぎじゃない？」

「俺は日帰り出張なの、名古屋《なごや》まで行くからさ」

そう答えた湊斗は「なんだ、浮かれた話じゃないのか」と、どこかつまらなそうに再び洗面室に入っていく。

「浮かれた話じゃなくてすみませんね」

そう返して、私も自室へと戻った。

湊斗が『なんだ』とがっかりしたような反応をするのもわからなくない。

それだけ私に〝浮かれた話〟のかけらもないからだ。

看護師になってからというもの、恋愛はずっとご無沙汰《ぶさた》。

仕事第一に考えてきたこともあるけれど、振り返ってみてもそんなタイミングもチャンスもなかった。

看護師の同期や病院スタッフに誘われて、合コンのような飲み会に参加したことは数度ある。でも、そこから発展することはなかった。

いい感じの人どころか、連絡先を交換してお友達ができることすらなかった。

私自身に積極性がないことも原因のひとつかもしれない。

けれど、それ以前に周囲と比べて地味で目立たず、華やかさもない私など男性がいいなと思うはずもない。男性はみんなきっと、美人で洗練された女性や、ふんわりとした雰囲気のかわいらしい女性が好きなのだ。

三十歳を目前にして、周囲は人生のパートナーを見つけ出している。

友人の大半がお付き合いしている人がいたり、結婚が決まったりしていて、家族を持っている子だっている。

もちろん、いつか家族が欲しいなと思うし、結婚に憧れはある。でも、このまま仕事に専念している間に婚期を逃してしまうのではないかと思っている。

これればかりは、焦っても仕方のないことだし、縁の問題でもある。

いつか、私のような女でも好いてくれるような人に出会えたらいいなと、今は漠然とそう考えている。

普段の出勤時間と同じ時間に自宅マンションを出て、いつも通りの道を通って勤務先の病院へと向かう。

結局、カジュアルな格好は出勤時にもよく着ているデニムのスキニーパンツに、オーバーサイズのTシャツ。靴はスニーカーを履いてきた。

これなら、それなりに動いても胸元も足元も気にならないから問題ない。なんなら走ることもできる。

それにしても、本当に救命の講習でも受けさせられるのだろうか。

そんな予想をしながら通いなれた病院に到着する。うっかり病院関係者出入口から中に入りそうになったけれど、昨日指定された職員用駐車場へと向かう。

普段、車通勤をするわけではないから、駐車場に行ったことはほとんどない。

鉄筋の立体駐車場は三階建てで、一階が関係者専用。二階にも入場ゲートがあり、二階、三階が来院した利用者が駐車できるようになっている、それなりに大きな駐車場だ。

駐車場一階へ到着したものの、どこで待てばいいのだろうかと周囲をきょろきょろとする。

そんな時、奥の方で車のドアを閉める音と同時に人の気配がし、彷徨《さまよ》っていた視線がぴたりと止まった。

「あ……」

一階の駐車場入口から入った中腹ほどの場所、左右にある駐車スペースの右手側から現れた、すらりとした長身の人影。

立ち止まって見ていると、現れたのは元宮先生。

Tシャツに細身デニム、スニーカーという初めて見る私服姿だ。私と同じようなコーディネートで、思わず目を見張る。

私に気付いて車から出てきたらしい元宮先生は、こちらに向かって歩み寄ってきた。

「おはようございます」

近付いてくる姿に頭を下げる。

「おはよう」

私の目の前までやって来た元宮先生は、「こっちだ」と言ってすぐに踵《きびす》を返す。

「あ、はい。あっ、あの元宮先生」

背を向けた元宮先生を呼び止め、バッグに手を突っ込み、財布を取り出す。

「昨日、食事の支払いすみませんでした！　お返しさせていただきたく」

「必要ない」

「え……でも――」

「俺が勝手にやったことだ。勝手に酒も勧めた。気にしなくていい」

きっぱりとそう言い「行くぞ」と先へ行ってしまう。

そういうわけにはいかないと思ったものの、雰囲気的に食い下がるのもいけない気がして「あの、でも、いいんでしょうか……すみません、ご馳走さまでした」と、ごにょごにょ独り言のようにお礼を口にした。

どこに誘導されるのかと思っているうち、元宮先生が足を止めたのは今さっき彼が出てきた車。

黒い高級外車のオフロード車で、その存在感に思わず立ち尽くす。

元宮先生は助手席のドアを開き、「乗って」と私に声をかけた。

「え、乗る……私が、ですか？」

「他に誰がいる」

「そうですね、すみません」

もっともなことを言われ、慌てて元宮先生の開けたドアに近付く。

本当にお邪魔していいのだろうかと思いながら、少し高くなっている助手席に乗り込んだ。

私がシートに腰かけると、彼はドアを閉め運転席に回る。すぐにエンジンがかけられた。

ハンドルを握った元宮先生は、特になにも言わず車を発進させる。そのまま病院を出ていった車内で、やっと「あの」と声をかけた。

「どちらに……?」

「ああ、山だ」

「…………。や、山ですか?」

行き先は山。思ってもみなかった返答に頭の中は疑問符でいっぱいになる。てっきり病院集合をして、院内の施設でなにか指導を受けるとかそんなことだと思っていた。それなのに、山に行くなんて、そこでいったいなにが……。

「なにをするかは行ってからのお楽しみだ」

目的を聞こうかどうしようかと思っていたところ、先に元宮先生からそんな風に言われてしまい「わかりました」と返すことしかできなかった。

私たちの勤務する東日本医科大学付属病院から、高速道路なども使って車で約二時間。

周囲が木々に囲まれた山道を走る。

東京に住んで七年ほどになるけれど、都内にこんな森林浴ができるような場所があると思わなかった。

コンクリートジャングルで暮らす日常を送っているから、どこを見ても緑のこの景色は癒しでしかない。

元宮先生の運転する車は、やがて側道へと入っていく。たどり着いた駐車場は砂利のようで、車が小刻みに揺れた。

その先に見えてきたのは、美しい渓谷と白い外壁の建物。白壁にアイビーがつたい、西洋の田舎街にでもありそうな雰囲気だ。

元宮先生は車を停め、エンジンを切り、ひとり運転席を出ていった。

すぐに助手席のドアが開き、「ありがとうございました」とそそくさと降車しようと腰を上げる。

不意に手を差し出されて、驚いてまたシートにお尻をつけてしまった。

「足元が悪い」

「あ、はい、すみません」

どうやら砂利の駐車場だからと気遣ってもらったらしい。

深く考えず元宮先生の手に自分の手を置き、車から降りた。

「ありがとうございます」

私のお礼と共に掴まれた手は離される。

大きい手……。

離れた後になって急激にドキッと心臓が反応してしまい、ごまかすように周辺の景色を見回した。

「すごい……大自然」

今日も気温の上がりそうな一日だけど、木々に囲まれている渓谷だからか暑さを感じない。まだ午前中というのもあるけれど、都心の方に比べて気温も数度違うのかもしれない。

「あの……ここは？」

向こうに見えるのは、観音開きの入口。なにかの店のようだ。

「知り合いがやっているカフェだ」

「え、カフェ……？」

元宮先生が連れて来てくれた先が、渓谷のカフェだったことに困惑が広がっていく。エントランスに向かう元宮先生の後ろについていくと、入口の先で待機していた白い制服のスタッフが「元宮様、いらっしゃいませ」と出迎える。どうやら事前に予約をしていたようで、案内された窓際の席には〝Reserved〟という銀色のプレートが置かれていた。

席のすぐ横には解放感のある白い木枠の大きな窓があり、開け放たれている。さわさわと揺れる木々の新緑、流れる渓流の音。

日常の生活から切り離されたような時間の中、ホワイト調の店内に似合うネイビーのテーブルクロスの上には、私がオーダーしたアールグレイティーと、元宮先生がオーダーしたコーヒーが置かれていった。

木々に囲まれる渓谷のため、日差しはほんのわずかで過ごしやすい。

涼しげな川の流れに目を奪われていると、向かいからカップとソーサーが微かに重なる音が聞こえた。

カップを手に取った元宮先生に倣って、自分の前に置かれた白いカップにポットから紅茶を注ぐ。

「いただきます」

湯気の立ち昇るカップにそっと口をつけ、豊かな茶葉の香りを感じながらひと口目をいただいた。

「……美味しい」

きっといい紅茶というのもあるけれど、特別な環境で飲んでいるからより美味しく感じているのかもしれない。

川の流れる涼しげな音を聞きながら、ちびちびとアールグレイティーを口にする。

前にいるのが元宮先生というのが非日常の光景だけど、なんだかここに到着してから自分でも不思議なくらいワクワクしていて、心が弾んでいるのを感じている。

最後にこんな気持ちになったのはいつだっただろう……？

日々の仕事は充実しているし、やりがいを常に感じている。でも、知らぬ間に日常に追われ、自分を甘やかしたり、癒したりすることを忘れていたのかもしれない。

「こういうのも、たまには悪くないだろ」

しばらく互いに黙ってカップに口をつけていると、元宮先生が静かに口を開いた。

思わず向かいの元宮先生に顔を向ける。

元宮先生は私の視線も気にせず、カップを手にしたまま広い窓の向こうに広がる渓谷を眺めていた。

「すごく、いいです！」

思っていたよりも前のめりな声が出てしまい、ハッとする。

「すみません、興奮のあまり、つい声のボリュームが……」

恥ずかしさをごまかそうと、「へへっ」と笑ってみせる。こんな素敵なカフェで出す声じゃない。

いつの間にかこちらを見ていた元宮先生が、ふっと笑みを浮かべた。

「釣りでもしてみるか」

「えっ、釣り⁉」

「と、言ってみたものの、生憎《あいにく》今日は道具を積んできてない」

心の中で〝なんだ……〟と思ってしまったのは、釣りに興味があったから。もし今からやってみるかと聞かれたら、即答でお願いしますと言っていたに違いない。

「この川で、釣れるんですか？」

「鮎《あゆ》なんかは釣れる」

「へぇ～！　鮎！」

「それをその場で塩焼きにするのが最高だな」

このお店は知り合いがやっているとは言っていたけれど、元宮先生がこの川の事情に詳しくてつい小首を傾げる。

「ここで、釣って食べたことがあるんですか?」

疑問をそのまま口にしてみると、元宮先生は「ああ、ある」とカップをソーサーに戻した。

「ここに限らず、時間を見つけてソロキャンプを楽しんでいる」

「ソロキャンプ、ですか?」

意外なフレーズについ聞き返してしまう。

詳しくはわからないけど、それってつまりひとりでテントを張って寝泊りするってことだよね?

元宮先生のプライベートはまったく知らない。

オフはなにをして過ごしているのか、どんな趣味があるのか。

でも、まさかそんなアウトドアな活動をしているなんて想像もしなかった。

勝手なイメージだけど、どちらかというとインドアで、休日は難しい本に没頭している方が想像がつく。

「いい仕事をするには、仕事だけではダメだと思っている」

「え……?」

「時間を見つけて、気ままにソロキャンプをしている。それが、俺がいい仕事をするために必要なことなんだ」

やっと今になって、元宮先生がここに連れてきてくれた意味がわかった気がした。

昨日、趣味はないのかと突然聞かれた。これといった趣味もないと話した時、自分でそういうものがあれば張り合いがあっていいとも言った。

だから今日、こうして連れ出してくれたのかもしれない。

「だから、元宮先生は仕事でも成功されているんですね」

「仕事をするためだけに、生きているのではないからな。それではあまりにもつまらない人生だ」

「ごもっともだと思います」と言いながら、仕事での姿しか知らないから、そのセリフが元宮先生のものだというのが意外でしかない。

でも、それだけ彼のことを私が知らないだけの話だ。

「アウトドア……実家にいる時は、うちも両親がキャンプとかする方で、子どもの頃はよく長期休みになると家族でキャンプに行ったりしていました。だから、ソロキャンとかは少し興味があって」

そう話すと、心なしか元宮先生は興味深そうに目を見開いた。

「でも、なかなか始めるタイミングがなくて。元宮先生が趣味でされているなら、お話聞かせてほしいです」

「手始めに、数時間の滞在から始めてみてもいいと思う。初回から寝泊まりをするというのは大がかりだろう」

「なるほど……！」

「コーヒー一杯でも淹《い》れて、数時間過ごすだけでも立派なキャンプだからな」

話題は豊富に出てきて、会話に困ることなく広がっていく。

これまで話しづらいと感じてきたことも忘れるくらい、キャンプの話に花が咲いた。

「まさか、こんな日になるなんて思いもしませんでした」

静かな帰りの車内。大満足な一日を思い返していると、知らぬ間にそんな言葉が口をついて出てきていた。

「と、いうのは？」

元宮先生はどこか不思議そうに聞き返す。

どうやら元宮先生は、私の今の心境をまったく察知していないらしい。

「昨日、お誘いいただいた時……なにか仕事のことで呼ばれたのだとばかり思っていたので」

「仕事の呼び出し?」

「はい。カジュアルな格好でなんて言われたので、救命救急の勉強会でもするのかと」

今朝、元宮先生に会うまでその可能性が濃厚ではないかと疑わなかった。

仕事でしか関わりのなかった元宮先生。その上、ロクに話したことすらなかったのだ。まさか、ふたりでこんな一日を過ごすなんて考えるはずもない。

私からそう言われた元宮先生はふっと笑う。

「そんな馬鹿な」

「馬鹿な、って、そりゃ思いますよ!」

「まぁ、確かにそうか」

元宮先生も、今までを振り返って納得したのかもしれない。視線を上に向け、思い返すような表情を見せた。

「でも、すごく楽しい休日を過ごせました。いつぶりだろう、こんな有意義なお休み」

ほとんど反射的に、考えずに言葉が出ていた。

なぜだか心が弾む。今日一日楽しかった時間に感謝の気持ちでいっぱいだった。

「俺は、なんの説明もなく車に乗せて連れ出して、後からよかったのかと思っていた」

「昨日は、ほとんど勢いで誘った感じだったから」

元宮先生は「でも、そう言ってもらえるならよかった」と、穏やかなに言う。

元宮先生がそんなことを気にするなんてちょっと意外で、思わずジッと顔を見つめてしまう。

自信に満ち、悩むことなんてなさそうな元宮先生を仕事で見てきているから、こんな風にどこか困惑しているような様子は意外だった。

「私にも……ソロキャンプ、できますかね？」

「え？」

少し驚いたように元宮先生が私の顔を見てきて、慌てて続ける。

「あっ、初心者にも満たない奴が、気安くできるかなんて言うもんじゃないですよね！　すみません」

「いや、そうじゃない」

「……？」

「そんな風に言うなんて思わなかった」

今度は私の方が意図を掴めず、小首を傾げる。

「え……？」

元宮先生はフロントガラスの先を見つめたまま微笑を浮かべてみせた。

「じゃあ、次回は初心者ソロキャンでもしに行くか」

「えっ……はい！　ぜひ！」

まさか、次回を考えてくれるなんて思いもしなかったから驚きを隠せない。社交辞令なのかもしれないけれど、その気持ちだけでも嬉しかった。

「佐久間が真面目なのはよくわかっている。でも、仕事も根を詰めすぎない方がいい。時に自分を癒すことが、いい仕事をするためには必要だ」

やっぱりそうだったのだと確信する。

今日一日、私にそれを教えるために時間を使ってくれたのだ。

感謝の気持ちが込み上げてきて、素直に「ありがとうございます」と言葉が出てくる。昨日から元宮先生にはお礼を言いたいことばかりだ。

「昨日、先生が言ってくれたこと……嬉しかったです」

元宮先生の目が、一瞬だけ私に向く。

運転中だからすぐに前を向いてしまったけれど、口元に笑みが浮かんでいた。

『患者や、その家族、その立場になって気持ちが動くことが、不要な感情だとは決して思わない』

『それは君の優しさであり長所だと、一緒に働いてきて俺は感じている』

本気で向いてないかもしれないと悩んでいたところにかけられたこの言葉に救われた。仕事だけじゃない、人として認めてもらえたような気がした。

こんな自分でもいいのだと、そう思えたのだ。

「あの、元宮先生」

走行する進行方向を真っ直ぐ見据える元宮先生は、私の呼びかけに「ん？」と反応する。私は彼の綺麗な横顔をジッと見つめた。

「仕事、まだまだ頑張ろうと思います。なので、今後ともよろしくお願いします」

頭を下げた私を、元宮先生はふっと笑う。

「だから、そうやって力みすぎるなって言ってるだろう」

「あっ、はい！」

また威勢のいい返事をしてしまい、自分でも思わずふふっと笑う。

こんな風に元宮先生と笑い合う日がくるなんて、昨日までの私は思うはずもなかった。


充実した休日を経て、休み明けのいつも通りの出勤。

今日はフライトの当番から外れる日で、一日救急外来での仕事についている。

午前中は大きな救急搬送もなく、平和に昼食の時間を取れることになった。

基本的に早食いでなにか口に入れるだけのような昼食が多いから、こういう日は病院の食堂に訪れて栄養のあるものをしっかり食べるようにしている。

今日は美波とタイミングが合い、ふたりで食堂でランチだ。

「芽衣、なんかいいことあった？」

「え？　いいこと？」

「そ、いいこと。なんか今日いつもよりにこにこしてる気がする」

中華丼を選んだ美波は、セットでついてきたスープをレンゲですくいながら突然そんなことを言う。

「そう？　特になにもないけど」

そう答えながら、頭に浮かんだのは昨日の出来事。

元宮先生と過ごした大自然の中での一日は、ひと晩明けて思い返しても楽しい時間だった。大自然の中で癒され、たくさん笑った一日だったから、もしかしたら無意識のうちに表情が柔らかくなっているのかもしれない。

それに、元宮先生の知らなかった姿をたくさん見ることができた。今までそばで働いてきたものの、仕事をしているだけではわからなかった新たな発見。

笑うこともあるんだと知れたことが、一番の収穫だったかもしれない。

でも、この場で昨日の一件を美波に話すには情報量が多すぎて伝えきれない。そもそも、どうして昨日一日元宮先生と一緒にいることになったのか、私自身もよくわからない部分がある。

私が無趣味でかわいそうな人だから、みたいな感じだよね……誘ってもらえたのは。

ソロキャンプの話を詳しく聞き、早速始めてみたいと思った私は、昨日は帰ってからネットでソロキャンプについていろいろ調べていた。

調べれば調べるほど魅力的で、奥が深い世界。女子のソロキャンプもたくさん記事があったけど、読んでいくと始めるのが楽しみになった。

次の休みには、ソロキャンプに必要なものを探しに、専門店へ下見に行ってみようと思っている。

こんな風に次の休みの予定がすでに決まっているなんて私には珍しく、これも、元宮先生のお陰だ。

「そうなの？　なんだー。とうとう芽衣にもいい人ができたのかとちょっと思ってたのに」

「なにそれー、あるわけないでしょ」

「あるわけないってのは変だから。芽衣みたいに看護師として優秀で、かわいくてさ。文句のつけようがないでしょ。そんな細いのに、あの荷物担いでヘリに走る姿は私でもキュンとくるんだからね」

美波がいきなり変なことを言い始めて、つい噴き出してしまう。口にしたばかりの冷やし中華の麺が飛び出しそうになってナプキンで口元を押さえた。

「ちょっと、なにおもしろいこと言ってるの⁉ 吹きそうになったじゃん」

くすくす笑いながらそう言うと、美波はレンゲで中華丼にのっているうずらの卵をすくいながら目を見開いて私を見る。

「あのね、おもしろいことなんて言ってませんー。私は真面目に芽衣のこと分析してるんだけど」

「美波にそんな高評価してもらっただけで私は大満足だよー」

「なに言ってるの。私はね、芽衣にいい人ができないのが不思議でならないよ。ちょっと理想が高すぎなんじゃない？」

「そんなわけないじゃん！　地味で目立たない私なんかが理想高いなんてあるわけないよ。おこがましい」

「いやいや、芽衣は自分に自信持つべきだって」

「自信ねぇ……」

　そんな話をしている時だった。

　突然、美波が小声で「ねぇ」と顔を突き出す。

「あっち、柳川《やながわ》先生、また芽衣のこと見てるよ」

　そう言われて美波の視線の先を振り返ると、速攻で視線が交わる。目が合った瞬間に大きく手を振られて、心の中で「うわっ……」と思ってしまった。

　柳川徹《とおる》は、形成外科のドクター。二カ月ほど前に、この病院にやってきた。

　救命救急センターで仕事をする私はほとんど関わりがないから、ここで働き始めたことも知らなかった。

　それなのに、顔を合わせると決まって話しかけてくるのには、仕事とは直接関係のない理由がある。

　半年ほど前、以前働いていた病院の同期たちから、数合わせの合コンらしき飲み会に呼び出されたことがあった。

　その気もないし、食べて飲むためだけに行ったその会で、柳川先生に出会ったのだ。

　当時、某有名美容整形外科の分院で院長をしていたらしい柳川先生は、その飲みの場で女子たちにもてはやされていた。

センターパートのサラサラな髪をかき上げる姿は印象に残る仕草で、マイカーは海外の某高級スポーツカーだと言ったり、住まいは青山《あおやま》のタワーマンションだと話したりしていた。

某有名美容整形外科の院長は高給取りだという噂は耳にしたことがあったけど、だからといって特に興味も湧かなかった。

その無関心な態度が逆に気を引いてしまったらしく、その場で『気に入った』と言われたのだ。そういうつもりがまったくなかったため、逆に困ってその時は逃げるように退席させてもらった。それに加え、女の子をとっかえひっかえしていると知り、むしろ苦手なタイプだと思った。

後でそんな土産話を美波にしたら、『自分がモテると思ってる男性って、自分に興味ない子に逆に燃え上がったりするんだよ』なんてことを言われ、失敗した……と、勉強になったくらいだ。

そんな一件があったため、柳川先生はこの病院に勤め始めて私を発見し、『やっぱり運命だ』なんて言いに来たものだから丁重にお断りをした。

それなのに、なぜかめげずに声をかけてくるから内心困っている。

私なんかより魅力的な女子はたくさんいるのに、遠慮したからといって意地になるのはやめてほしい。

現に今だって、若い看護師の子たちとランチをしていたようだし……。

そもそも、有名美容整形外科の分院長をしていた彼が大学病院の形成外科に来ること自体、珍しい転職だと思っていたら、どうやら医師である両親の関係で大学病院の方に来たようだ。

「ちょっと、こっち来るんじゃない？」

美波がコソコソと言う。向こうにはバレないように、食事を続けながら様子をうかがっている感じだ。

「嘘。ほんとだ、立ち上がった」

満面の笑みを浮かべて近付いてくる柳川先生をさりげなく確認して、気付いていない体で冷やし中華の続きに取りかかる。

もしかしたら、私ではなく、別の誰かのもとに向かっているかもしれないし……。

「芽衣ちゃん」

やはりそんなことはなく、柳川先生は私たちのテーブルにやってくる。

私が「お疲れ様です」と言うと、美波も倣ったように「お疲れ様です」と柳川先生を見上げた。

柳川先生は私たちに笑みを浮かべて「お疲れ様」と返した。

「今日はフライト当番じゃないんだ？」

「はい。今日は」

「芽衣ちゃん、いつご飯行ってくれるの？　いつも予定あるって断るから」

「あ……すみません」

謝るのもおかしな返答だけど、こういう場合どう返事をしたらいいのかわからない。

「急な誘いの方がいいのかな。今日とかはどう？　予定あるかな」

「え、今日はちょっと……」

「今日が無理なら明日」

「えっと、明日は——」

そんな時だった。

「佐久間」

会話を中断させるように、後方から名前を呼ばれる。

それが元宮先生の声だとわかり、一瞬にして脳が仕事モードに切り替わった。

「はい！」

「担当ナースが体調不良で急遽早退した。悪いが、午後のオペに代わりに入ってほしい」

急な知らせに、「そうですか、わかりました」と即答する。

今日の午後、元宮先生は急性硬膜下血腫《きゅうせいこうまくかけっしゅ》のオペに入る予定だ。

「器具出しも含めて早めにチェック入れておきます」

助手で入ることになっているのが一年目の新人看護師のため、使用するオペ器具の用意も事前にチェックが必要だ。

「悪いな、頼んだ」

元宮先生はそう言ってその場を足早に立ち去っていく。

私もその流れに乗るように、ちょうど食べ終えたトレーを手に席を立ち上がった。

「すみません、急な業務が入ったのでお先に失礼します」

柳川先生に断りを入れ、美波に「先戻るね」と言って席を後にした。

トレーを返却し、そのまま小走りで食堂を出ていく。

なんか、たまたまだけどナイスタイミングだったな……。

柳川先生のお誘いをどう回避しようかと困惑していた時に、元宮先生に声をかけられた。

そのままあの場を逃れることができたから、結果的には非常に助かった。

救急外来に戻り、オペ患者の情報を確認する。

私のオペでの役回りは、第二助手。元宮先生の第一助手としてつくのは今年入った新人のドクターで、私は器具等を手渡しするアシスタントとして入る。

その周囲でさらに私のアシストをしてくれるのが新人看護師だ。

カルテチェックをしている向こうの通路を、元宮先生と第一助手のドクターが通り過ぎていく。

見慣れたスクラブ姿の元宮先生を目に、なんだか昨日の一件は夢の中の出来事だったのではないかとふと思った。

今日いつも通り出勤して、元宮先生と顔を合わせても、元宮先生はなんら変わりない様子だった。交わしたのは挨拶のみ。

本当は『昨日はありがとうございました』と言うつもりでいた。

しかし、元宮先生は抑揚《よくよう》のない声で『おはよう』と普段通りの様子。昨日のことを口に出してはいけない気がして、私の方も何事もなかったような挨拶をしておいた。

あまりにもいつもと変わりなくて、昨日の一日に現実味がない。なんだかキツネにつままれたような気分だった。

オペ時間が近付き、すでに全身麻酔の管理が始まっている患者がオペ室に入室してくる。

手指消毒を終え、使い捨てのディスポーザブルオペ着を身に着けていると、元宮先生が自動ドアの向こうから現れた。

慌てて滅菌《めっきん》グローブをつけ、ドクターたちの着替えサポートに備える。

他の看護師が開封したディスポーザブルオペ着を抜き取り、広げて元宮先生の前に立つ。

腕を通した元宮先生と不意に目が合った。

「大丈夫か」

「……は、はい！　大丈夫です」

ほとんど反射的に返事をした私を前に、元宮先生は特になにも言うことなく前からいなくなる。

そのまま患者の待つ奥のオペ室の自動ドアに向かっていった。

その背中を目にしながら、今の〝大丈夫〟はなんのことだろうとふと思った。

急性硬膜下血腫のオペは二時間弱で滞りなく行われ、時刻は間もなく十七時。

オペ後は患者の経過観察と共に、救命の方へ入ってきた交通事故の搬送患者の対応に追われていた。

気付けばまた小休憩も挟めないまま終業時間近くなっていて、一日はあっという間に終わっていった。

勤務を終え、着替えに向かう前に自動販売機コーナーに立ち寄る。いつもお茶を入れて持ってきているマイボトルを、今日は珍しいことに忘れてきてしまったのだ。

「あっ……」

自動販売機の奥、ベンチ椅子の並ぶ休憩スペースには先客がいて、その姿に思わず声が漏れた。

「お疲れ様です」

そこで缶コーヒーを片手に座っていたのは元宮先生。

西日の差し込む窓際のベンチシートにかける元宮先生は長い足を組み、ぼんやりと窓の外の景色を眺めていた。

私に声をかけられ、ゆっくりとこちらに顔を向ける。

スクラブ姿の元宮先生は、退勤する私とは違い休憩を取っているだけだろう。

これから先ほどオペをした患者の経過観察をするだろうし、夜勤のドクターへの引き継ぎもあるはずだ。

元宮先生が手にしているのは結構甘めのミルクコーヒーで、意外だなと視線を奪われる。なんとなく甘党のイメージがないからだ。

そういえば昨日だって、私にはスティックシュガーを使うか聞いてくれたけれど、自分のコーヒーには甘味を入れてなかった。

「甘いの、飲まれるんですね」

つい思ったことを口にしてしまい、ハッとする。別に元宮先生がなにを飲んでいようと自由だし、その時に飲みたいものを飲めばいい。

「ああ、頭を使うんだろうな。オペ後は糖を欲する時がある」

「そうなんですか」

知らなかった……。

だから甘いものを飲んでいるのかとわかり、妙に納得してしまう。

「上がりか」

「あ、はい。お先です」

「午後は急遽悪かった。助かった」

「いえ、お疲れ様でした。経過も良好みたいで、よかったです」

会話が途切れ、お茶を買いに来たことを思い出して自動販売機に向き合う。

取り出し口にペットボトルがゴトンと落ちてきて、手を入れている時に横から視線を感じた。

なにげなく顔を向けて視線が重なり合う。

元宮先生の端整な顔を目にして、思い出したように口を開いた。

「あの、今朝言いそびれてしまったのですが、昨日はありがとうございました」

タイミングを逃して言えなかった昨日のお礼をやっと口にする。

今はふたりきりだし、元宮先生も休憩中だろうから、プライベートなことを話題に出してもきっと問題ない。

昨日の休日より前の私からしたら、こんな風に院内で元宮先生と話をすること自体考えられない光景だ。

「こちらこそ。一日付き合わせたな」

「いえ！　家まで送り届けてもらってお手数おかけしました」

夕方、元宮先生は私の自宅マンションまで丁寧に送り届けてくれた。

疲れているはずなのに気遣ってもらい、そのお礼も伝えたかった。

「大丈夫か、疲れは出なかったか」

オペ前に言ってくれた「大丈夫か」はこのことだったのか。

「全然、大丈夫でした！　むしろ、いろいろ調べたりしていたら、今日は少し寝不足で……」

「調べる？」

「はい。ソロキャンプを始めるには、どういうものが必要だとか、調べていたら楽しくて時間があっという間で」

私の寝不足の事情を聞いた元宮先生はふっと笑みをこぼす。

「昨日言っていたのは、社交辞令じゃなかったんだな」

「違いますよ！　本当に始めようと思ってますから。だから、次のお休みにでも専門店に行ってみようと思ってて。とりあえず、形からかなって。ちゃんと揃えられるか不安はありますけど……」

元宮先生は薄い唇に笑みをのせる。均整の取れた綺麗な顔に浮かぶ微笑は極上で、普段は見られない特別な表情にどきりと鼓動が高鳴った。

「それなら付き合おう」

「え……」

思いもしない言葉が返ってきて、時が止まったように静止してしまう。でも、私の反応を待つように元宮先生とは視線が重なり合ったまま。

「はい！」と出した声が思ったよりも大きくなってしまった。

「いいんですか？」

「ああ、俺もちょうど用があって次の休みに行こうと思ってたんだ。初心者でも選びやすい、いいところを知ってる」

「本当ですか。では、先生がよければぜひお供させてください」

そう言うと、元宮先生はまたふっと笑う。「お供って」と、缶を手にベンチを立ち上がった。

「休日でも、日勤後でもこちらは構わない。佐久間の都合のいい候補日を何日か連絡入れておいてくれ。追って返信する」

元宮先生はそう言いながら白衣のポケットからスマートフォンを取り出す。メッセージアプリの友達追加のコードを表示させ、私に向かって差し出した。

元宮先生と個人的な連絡先の交換？と内心動揺しながら、「はい、わかりました」と、慌てて院内持ち歩き用のミニバッグからスマートフォンを取り出す。

コードを読み取らせてもらい、今度は自分のコードを表示させて元宮先生に読み取ってもらった。

元宮先生は「じゃ、お疲れ様」と私を横切り、缶を捨てて救命センター方面へと戻っていく。

「お疲れ様でした！」

離れていく広い背中に声をかけ、先の角を曲がる彼の姿が見えなくなるまでその場に佇んでいた。

5、思いがけない急接近

八月中旬。

夏本番となり、毎日厳しい暑さが続く。

月に数度ある夜勤後の休日、私は朝からそわそわと落ち着かない気持ちで過ごしていた。

今日は午後から、元宮先生と例の約束の日。

この間の自動販売機前での連絡先交換後、本当にいいのだろうかと半信半疑のまま都合のいい日時をメッセージアプリから送信した。

送ってから既読がつくまで数時間空き、その間、ひとりでおろおろとしていた。

連絡先を交換した即日、早速予定を送るなんてガツガツしている女と思われたのではないか。あんな風に言ってくれたけれど、やっぱり社交辞令で、内心本当に連絡してきたと思われてしまったのではないだろうか。

いろいろなことをぐるぐると考えて心配になり、後悔しかけた矢先、元宮先生から返信がきた。

そこには、私の出した候補日から元宮先生の都合がつく日が記されていた。

飛びつくように返信を既読にしたことをまた少し後悔したものの、速めに【その日でお願いします】と返事を送った。

約束の日時が決まった後、約二週間近くの間が空いたけれど、その間は特になんの連絡も取り合わなかった。

もちろん、院内では通常通り。

数回フライトの出動をしているし、院内で一緒に働いてもいたが、特別、約束についての話題が出ることもなく今日を迎えた。

本当に今日は元宮先生との約束の日なのだろうか、とメッセージアプリのかなり下に下がってしまったトークルームを確認していると、新着のメッセージを受信して驚いた。

【特に変更がなければ、十六時に迎えにいく】

そんなメッセージが入ってきて、思わず「迎えに⁉」と声をあげてしまった。

どこで待ち合わせになるだろうかと思っていたから、まさか迎えにいくなどと言われると思ってもみなかった。

沈黙のまま当日になったものの、約束が生きていたことを確認し、今度はなんとなく落ち着かなくなる。

朝から家の中を無駄にうろうろしている私を不審に思ったのか、湊斗が「どうしたの？」と聞いてきた。

なにげなく話したことで、また新たな約束を元宮先生とすることになるとは思ってもみなかった。だからなのか、今日の約束にどんな自分で挑めばいいのかわからない。

別にいつも通りでいいと思うものの、洋服を選び始めるとなかなか決まらない。

普段通りといっても、私の普段着は本当にその辺のスーパーにでも行くくらいラフなものが基本。

だからこの間の〝カジュアルな格好で〟という指定はありがたかった。デニムにTシャツはお得意だからだ。

でも、なんとなく今日はラフな格好は違う気もする。かといって、別にデートでもなんでもないのに気合いを入れておしゃれして行くのもおかしな話。

いったいなにを着ていったら正解なんだろうと散々悩んだ結果、フレア袖の小花柄ロングワンピースに落ち着いた。カジュアルすぎず、かといってかちっとしすぎていないちょうどいい雰囲気だ。

それに夏らしくかごバッグを持ち、髪は首元が暑いためにアップスタイルにまとめる。

そんなことをしているうちにあっという間に十五時を過ぎ、十六時を目前にした十五時五十分、リビングのテーブルに置いておいたスマートフォンがメッセージ受信の音を立てた。

点灯した画面にはメッセージアプリからの通知。そこに元宮先生の名前と共に【下で待ってる】というメッセージが見えてどきりとする。

本当に迎えに来た……そんなことを思いながら【今行きます】と返信し、もう一度自分の姿を鏡で確認して玄関を後にした。

玄関を出ると、夕方とはいえもわっとした熱気に包まれる。

三階からエレベーターに乗り込み、一階へ降りていく数十秒の間、緊張が増していくのを感じる。

扉が開き、ガラス造りのエントランスの向こう、ハザードランプを点灯させる元宮先生の車の後部が見えた。

足早に車に近付き、助手席側から覗き込む。

私が来たことに気付いた元宮先生はすぐに降車し、こちら側に回ってきた。

姿を現した元宮先生はなぜかスーツ姿。シャツにベスト、ストライプ柄のネクタイを締めている。

「すみません、こんなところまでわざわざ来ていただいて」

「構わない」

元宮先生は助手席のドアを開け「どうぞ」と乗車を促す。

「お願いします」と乗り込むと、すぐにドアが閉められた。

再び運転席に戻った元宮先生は黙って車を発進させる。

車の中はしっかりと冷えていて外の熱気を忘れさせた。

「なにか、仕事でも……？」

今日は元宮先生もオフだったと記憶している。

なにか外出の用事があったに違いない。

「知り合いのドクターの講演会が午前にな。堅苦しい格好で申し訳ない」

「いえ、とんでもないです」

元宮先生はスーツを堅苦しい格好なんて言うけれど、個人的には元宮先生のスーツ姿はとても素敵だと思っている。

私がというより、全女子が間違いなくそう思うだろう。

高身長でスタイルもいい元宮先生。頭も顔も小さく、モデルのような八頭身。なにを身に着けても着こなしてしまうだろうけど、スーツはまた格別。

たまに院内をスーツ姿で歩いている時は、女子スタッフたちの視線を集めていることも有名な話だ。

私の住まいを出発した車は、首都高速へ入っていく。

「俺がよく行く店で構わないか。大型店だから、だいたいのものは揃うと思う」

「はい。ありがとうございます。どこがいいかと悩んでいたので、助かります」

車は湾岸線へ向かい、台場《だいば》で下りていく。

目的地は台場の大型商業施設。その中に店舗を構える大型アウトドアショップへと向かいショッピングを楽しんだ。

店内ではあれもこれもと目移りしてしまい、気付けば二時間も買い物に付き合わせてしまった。それでも元宮先生は嫌な顔ひとつせず、親身になってずっと付き合ってくれた。


「まだ時間は大丈夫か？　この後の予定は」

買い物が終わり、再び助手席に乗せてもらいシートベルトをもたもたと装着していたところ、運転席に乗り込んできた元宮先生が聞く。

「はい、時間は、大丈夫です。特に予定もないです」

今日は元宮先生との約束の日だったので、他の予定は入れていない。

「それなら、この後食事でもどうだ」

突然の提案に元宮先生の方を見ると、元宮先生は私の視線を受けてこちらに顔を向けた。綺麗な顔に急に見つめられて鼓動がドキッと反応してしまう。

「あ、はい、私は大丈夫です」

「そうか」

私の返事を聞いた元宮先生はハンドルを握り、駐車場を出ていく。

「あっ、あの、先生」

急な展開にも動揺したけれど、さっきの買い物の支払いのやり取りでも気持ちが落ち着かないでいる。

お目当てのものを何点も選び、いざお会計とレジに向かうと、元宮先生が自分の買い物とまとめて私の分まで購入してくれたのだ。

お会計後に自分の買い物分のお金を手渡そうとした私に、元宮先生はあっさりと『気にしなくていい』と言って受け取ってはくれなかった。

その一件があってから今もなおそわそわしている。

「すみません、さっきのお支払いを」

再び財布を取り出したところでとなりから「支払いは気にしなくていいと言ったはずだが？」とさらりと言われてしまう。

「そっ、そんなわけにはいかないです！　私の買い物を先生に支払ってもらう理由なんて——」

「食事に誘った」

「え……？」

「付き合ってもらうのでチャラだ。それなら問題ないだろう？」

話の流れがいまいち掴めず、頭の中は疑問符で埋め尽くされていく。

食事に行くのに付き合うから、キャンプ用品をプレゼント……？

「あの、元宮先生？　それって、元宮先生になんのメリットもないというか、元宮先生が全体的に損しているかと思うのですが。デメリットでしか……。私が食事に付き合うからチャラって意味が、いまいち——」

難しい交換条件を一生懸命かみ砕いて考えて言葉にしているものの、元宮先生はなぜだかクスクスと笑い始める。

「なんだ、メリットって」

「え……だって、うまく言えないのですが、そうじゃないですか」

「よくわからないが、まぁいい。付き合うと、そういうことで話はまとまったな」

「え、まとまったって……」

〝まとまった〟というか、〝まとめられてしまった〟という感じな気がする。

でも落ち着いて考えてみても、今から食事のお供をするから、さっきの買い物の支払いをしなくていいというのは納得がいかないし、どう考えてもおかしい。

あ、それなら、食事は私が支払えばいいのか。いやでも、それじゃきっと額が吊り合わない。やっぱり元宮先生が損している。

「これまで数年一緒に働いてきたのに、佐久間がこんなおもしろいなんて知らなかった」

ひとり考え込んでいたところ、元宮先生は突然そんなことを口にする。ちらりと運転する姿を見ると、ほんのわずかに笑いをにじませていた。

「おもしろいって、そんなこと！　そんなこと言ったら、私だって元宮先生がこんな話してくれるなんて思いもしませんでしたよ」

元宮先生になぜかおもしろい人と言われ、その流れに乗って私も思っていたことを口にしてみる。

元宮先生は「そうか？」とハンドルを握りながら考えるように呟いた。

「まぁ、確かに言われてみれば、仕事の時は余計なことを口にしない主義だからな」

「知ってます。だから、ここのところ驚いてます」

そんな会話をしながら、元宮先生の運転する車は立派な門構えの入口に道路から右折して進入していく。

門の前には警備員らしき人が立っていて、こちらに向かって頭を下げた。ドアを開けて元宮先生はカードのようなものを差し出す。

処理を終えたカードを返してきた警備員が「行ってらっしゃいませ」と頭を下げると、前のバーが上がった。

ちょっと待って、ここって前になにかで見た記憶が……。

門の横に見えた【TOKYO BAYRESORT CLUB】の文字。以前、なにかのメディアで目にしたことがあった。

確か、会員制のリゾートホテルだ。会員権がないと利用できない高級ホテルで、中にはスパやレストランなどの施設がある。各界の著名人や上流階級の人たちが利用する場所であって、一般人が気軽に入れる場所ではない。

そんな場所に入っていくなんて、やっぱり元宮先生ってすごい人なんだと感心してしまう。

両サイドに植え込みの緑が続く道を進み、正面には大きな噴水が見えてくる。ロータリーを進んでいくと、正面玄関の車寄せで元宮先生は車を停車させた。

入口周辺には、制服に身を包んだドアマンやバレーパーキングサービスのスタッフが待機している。

元宮先生はエンジンを切らず、ひとり先に車を出ていった。

自分はどうしたらいいのかと待機していると、スタッフとなにかを話した元宮先生が助手席のドアを開けてくれる。「すみません」と緊張を高めながら車を降りた。

「行こう」

「あ、はい」

元宮先生に先導され、クリーム色の大理石造りのエントランスを入っていく。

入口の大理石には金色の文字で【TOKYO BAYRESORT CLUB】とやはり印字されていて、ひとり心の中で場所を再確認する。

食事なんて言うから、この辺りの普通のレストランに行くとばかり思っていた。

それなのに、こんな一般人の入れないようなところで食事をするなんて……。

「あの、元宮先生、食事ってここで……？」

「イタリアンのコースの予定だが、食べられないものはないか」

「えっと、食べられないものは特にないです。ですが……」

自分の姿を見下ろす。そんな様子の私に「大丈夫だ」と声がかけられた。

「ドレスコードは特にない。今日の装いで十分だ」

私が服装のことを気にしたのを察知してくれたのか、元宮先生は先回りしてそう言ってくれる。

ホッとして「よかったです」と笑みを浮かべた。

高い天井の通路には、等間隔に重厚な黒いシャンデリアがぶら下がっている。

それに見惚《みと》れながら歩いていると、いつの間にか立ち止まっていた元宮先生に肩からぶつかってしまった。

「あっ、すみません」

目前に迫った上背のあるスーツの後ろ姿に不意にどきりとする。振り返った元宮先生に見下ろされて、ますます鼓動が高鳴った。

「大丈夫か」

「あ、はい」

「ここだ」

いつの間にか目的のレストランの前だったらしく、元宮先生はスーツのスタッフが頭を下げて待機する入口に向かっていく。

スタッフに案内されて入った円形のテーブル席が並ぶ奥のフロアは、天井が高く一階なのに中心部は吹き抜けとなって空が覗いている。このレストラン部分がホテルの中央庭園に突き出したような造りをしているからだ。

ダークローズカラーのテーブルクロスがかけられた席に、背もたれの高いダークブラウンの椅子。ベロア素材のクッションが敷かれていて座り心地がよさそうだ。

案内されたのは、フロア奥のふたり分のカトラリーが用意された席。

丁寧に椅子を引いてくれたスタッフに、「ありがとうございます」とお礼を口にして席に着く。

こういう扱いをしてもらう経験がほとんどないから、自然と緊張が高まってしまう。

元宮先生は慣れた様子で席に着き、スタッフからドリンクメニューらしきものを手渡されていた。

「ワインは飲めるか」

「あ、はい。あまり普段は飲まないですけど、飲めます」

正直に言うと、ワインはあまり進んで飲まない。

私が飲むのは、ビールやチューハイが専門。普段お酒を飲むのはもっとラフで、気軽な感じだからだ。

でもこんな素敵な場所では、やっぱりワインなんかを嗜《たしな》むもの。

慣れないものを飲むのだから、悪酔いしないように気を付けなければいけない。

「俺は飲まないから、飲みやすいものにしよう」

そう言われて、そうか、運転があるからだと気付く。それなら私も一緒に飲まなくて構わないと伝えようと思ったところ、元宮先生は近くで待機しているスタッフを再び呼び、お酒のオーダーを済ませた。

その様子を見て、せっかくだからお言葉に甘えようと口を閉ざす。

「かしこまりました」とスタッフが去っていくと、ひと息ついた元宮先生と視線が重なった。

「どうした」

「えっ……？」

「きょろきょろして」

「あ、すみません……こういう場所、慣れないもので、つい」

こんな落ち着かない相手と一緒だと、元宮先生も恥ずかしいかもしれない。もう少し、見せかけでも堂々としておかないと。

「そこまでかしこまることもない。ここはラフな方だ」

「はい」と返事しながら見回してみると、確かにそこまでがちがちに正装の人は見受けられない。男性はスーツの人が大多数だけど、女性は私のようなワンピーススタイルの人もちらほら見える。

すぐにオーダーしたワインが運ばれてきて、元宮先生が「彼女へ」とスタッフへ伝える。グラスに注がれていくワインはほんのりピンク色でわずかに発泡していて、スパークリングワインのようだ。

元宮先生のグラスにはスパークリングウォーターが注がれていく。

「じゃあ、乾杯を」

「はい」

グラスを少し持ち上げて乾杯をし、ひと口目をいただいてみる。フルーティーで飲みやすい。

「嫌いじゃないか」

「はい、飲みやすくて美味しいです」

続いて前菜のプレートが運ばれてくる。イタリアンの王道、カプレーゼは、トマトの赤、バジルの緑、モッツァレラチーズの白が色鮮やか。一緒に、ニンジンとオレンジのラペや、鯛のカルパッチョものっていて美しい前菜プレートだ。

「綺麗で、食べるのがもったいないですね……」

プレートの上を見つめながらそんなことを言った私に、元宮先生はふっと笑みを浮かべる。

「食べないともったいないだろ」

「はい、そうですね」

「鑑賞が済んだら食べて」

元宮先生はナイフとフォークを手に、前菜プレートに取りかかる。

私も倣って、ナイフとフォークを手に取った。

美味しいワインと共に前菜から始まり、いよいよメインの肉料理が運ばれてきた。

「牛肉のタリアータです」と、スタッフが運んできたのは、薄くスライスされた牛肉にバルサミコソースがかかったもの。ワインと相性がよさそうな一品だ。

飲みやすいスパークリングワインをいただいてしまったため、調子に乗って飲んでいたところ少し酔いが回ってきている。とってもいい気分だ。

「今日は、私の買い物に付き合ってもらった上に、こんな素敵なディナーに連れてきてもらって、ありがとうございました。あの、ここは私にお支払いさせてくださいね」

こうして先に言っておかないと、万が一また元宮先生が支払ってしまったら困ったことになる。

「俺が勝手に連れてきたんだ。気にすることじゃない」

大したことじゃなさそうにさらっと返され、「いえ！」とあげた声が想定以上に大きかったので、慌てて声を潜めて続ける。

「そういうわけにはいかないです。それじゃ、本当に不公平――」

「合格祝いだ」

え……？

「それなら、納得するか」

そう言って、淡々とナイフとフォークで牛肉を切り、口に運ぶ元宮先生を思わず凝視する。

合格祝い――その言葉に思い当たるのはひとつ。先日の認定看護師の合格。

元宮先生の耳に入ってたってこと……？

「先生、ご存じだったんですか……？」

「師長から聞いていた」

「そう、でしたか」

突然出された仕事関連の話に言葉が詰まる。

でも、合格祝いなんて、そんな……。

「今日は、初めからそのつもりでいた。共に働く仲間として、喜ばしいことを祝いたいと思っていた」

元宮先生からの言葉に胸がきゅっと震える。次第に鼓動も速まってきて、落ち着こうと小さく深呼吸をした。

「そんなことを……ありがとうございます。すごく、嬉しい」

私が認定看護師の合格をもらったことなど、目まぐるしく日々が過ぎる救命センター内では話題にも上がらない個人的で小さな出来事。

それを知ってもらい、覚えていてもらい、さらにはこんな風に祝おうと思ってもらえること自体、特別ですごいことだ。

「いつも、助けてもらっている。それは、佐久間が向上心を持って、日々仕事に向き合っているからだ。今回の認定は、その証拠だから」

「そんな……まだまだ至らないことばかりで、元宮先生にはいつもご迷惑を……」

「そんなことはない。これからもよろしく頼む」

嬉しくてつい涙腺が緩む。

涙もろくなっているなんて、少し酔いが回っているのかもしれない。

「はい！　こちらこそ、よろしくお願いします！」

泣きそうになっているのをごまかすように出した声が威勢よく、私は焦って口元を手で押さえて苦笑いを浮かべた。


食事を終え、丁寧に頭を下げるスタッフに見送られ、レストランを後にする。

「元宮先生、本当に、いいんですか……？　やっぱり、申し訳ない気持ちになるのですが」

ドルチェが運ばれてきた後すぐ、席に着いたまま元宮先生はスタッフを呼びスマートにお支払いを済ませていた。

「食い下がる奴だな。もうその話はなしだ」

元宮先生に〝奴〟なんて気軽な呼ばれ方をされてどきりと心臓が反応する。これまでそんな風に呼ばれたことがないから、少し気を許してくれているのだと思うとなんだか嬉しい。

ちらりと見上げた整った顔にはほんのり笑みが浮かんでいた。

「しつこくて、すみません。では、お言葉に甘えて、ありがとうございました」

「まだ時間が大丈夫なら、もう少し付き合わないか」

「え……？」

そう言われて腕時計に目を落とすと、時刻は二十時三十分を過ぎたところ。今日は夜勤明けで明日は休みだから、少しくらい遅くなっても問題はない。

「はい、私は大丈夫です」

「じゃあ、この上で飲み直そう。もう少し話したい」

再びどきりと鼓動が高鳴る。

もう少し話したいと言われて妙に意識してしまったけれど、それはなにか特別な意味があってではない。仕事仲間として普通のことだ。

元宮先生はエレベーターへと乗り込み、二十三階を目指す。

エレベーターに乗りながら、ほろ酔いのいい気分を感じる。飲みすぎてしまう時は足元がふわふわしてしまう感覚になるけれど、今は決してそんなことはない。きちんと大人の飲み方ができているようだ。

エレベーターが到着し、向かった先はシックな黒の外装のバーラウンジ。

入口にどんと鎮座《ちんざ》した巨大なワインセラーが迎えてくれる立派なバーだ。

元宮先生が訪れると、まるで顔パスのようにスーツのスタッフが頭を下げて出迎える。元宮先生は慣れた足取りで店内に入っていき、私はそのとなりをやっぱり落ち着かない気持ちでついていく。

「あっ」

そんな時、絨毯《じゅうたん》で躓《つまず》き、つんのめるように体がよろける。

すかさず横から腕を取られ、ぐいと力強く引き上げられた。

「大丈夫か」

「す、すみません」

なにに躓いたのかと思わず振り返ってみたものの、特に転ぶ原因となるものはやっぱりない。なにもないところで転びそうになるとか恥ずかしすぎる。

「酔ってるのか」

「あ、いえ、そこまでではないです。大丈夫ですよ」

横から顔を覗かれて静かにしていた心臓がまた忙しなく動き出す。それもそのはず、転びかけて取られた腕から元宮先生の手が自然に移動し、私の手を掴んでいる。

私の方は驚いてされるがままだから、繋いでいるというよりは手を引かれているというような感じだ。

突然の展開に鼓動は早鐘《はやがね》を打ち始める。

そのまま窓際の席まで連れていかれ、元宮先生は私を椅子に座らせてくれた。

「すみません、ありがとうございます」

横並びで着いた席は、全面に夜景が広がる極上の眺め。座り心地のいい革張りのシートが、体を優しく受け止めてくれる。

煌《きら》めく景色に圧倒されていると、となりから「なににする？」と元宮先生の静かな声が聞こえた。

「あ……私は、なんでも。わからないので、おすすめのものでお願いします」

こんな重厚なバーでなにを飲んだらいいのかなんてまったくわからない。

そう言うと、元宮先生は「じゃあ、なにか飲みやすいカクテルでもいいか？」と聞いてくれた。

ちりばめた宝石のような夜景に意識を向け、高鳴った鼓動を落ち着かせていく。

すぐにオーダーしたドリンクが運ばれてきて、私の前にはブルーが美しいカクテル、元宮先生の前にはブランデーと思われるドリンクが運ばれてきた。

「せっかくの夜だ。俺も少し飲む」

「え……」

「帰りは代行だな」

車は大丈夫ですかと聞く前に、元宮先生が代行運転を頼もうとしていることを知る。ここまで車で来たから絶対に飲まないのだろうと思っていたけれど、代行を頼むという手段もあることを言われて気付いた。

今日はもう何度も乾杯をしてきたため、示し合わせるように無言で目を合わせ、互いにグラスに口をつける。

口の中にライチの独特な爽やかな香りが広がった。

「あの、元宮先生」

私の声に元宮先生は首を傾げるようにして顔を向ける。

「この間、嬉しかったとしか伝えられなかったんですけど……先生が、患者の気持ちに寄り添って、感情が動くことは悪いことじゃないって言ってくれたこと。そう言ってもらって、すごく心が軽くなったというか……こんな自分でも、いいのかって、その部分で悩んでいた自分も、認めてあげられたというか」

言葉がうまくまとまらないけれど、伝えたかったことを口にする。

看護師の仕事、救命での仕事は好きだし、これからだって従事していきたい。そう思う一方で、自分が不向きなのではないかという葛藤とずっと戦ってきた。

誰にも相談することもできず、自らで解決しようとしながらも、どうすることもできずにいた。

そんな時に元宮先生にかけてもらった言葉に救われたのは間違いない。

「こんな風に元宮先生と話せるようになったからこそかもしれないのですが、私のようにに、なにかに悩んでいるスタッフもたくさんいると思うんです。だから、先生の言葉で救われることもきっとあるだろうから……」

ますますなにを伝えたいのか自分でもわからなくなってきて、言葉が続かない。

元宮先生はとなりで私の話を聞いてくれていたものの、話が途絶えるとグラスを手に取った。

「ほら、元宮先生が実は普通に話してくれるとか、みんな知らないですし。だから、気にかけてもらえた私はラッキーなんだなとも思うんですけど――」

「誰彼構わず、気にかけて声をかけるなんてことしない」

私の声を遮るように元宮先生が口を開く。

どういう意味だろうと、ジッと元宮先生の横顔を見つめた。

「人気のない場所で、壁に向かって泣いている姿を見かけたことがある」

「えっ……」

壁に向かって泣いている——その変な泣き方をしているのは自分だとすぐにわかる。

そんな姿を元宮先生に見られていたのかと、瞬きを忘れた。

「助からなかった家族の死を受け入れられず、取り乱す残された家族を前にして、佐久間が気丈に振る舞っているのを目の前で見ていた。その直後のことだ」

「あ……すみません」

それがしてはいけないことだとわかっているから、無意識に謝罪の言葉が出てくる。

元宮先生はグラスを置き、私へ目を向けた。

「その時、声をかけようかどうしようか、一瞬悩んだ。でも、そんな風にためらっている間に、君は自分に言ったんだ。『この涙を無駄にしない。しっかりしろ』って……」

どうしようもない涙を流した時、やりきれない思いに胸が押し潰されそうな時、人知れず自分に喝を入れてきた。そうでもしないと、見えないなにかに負けてしまいそうで……。

「そんなところ、見られていたなんて……恥ずかしい」

「恥ずかしくなんてない」

きっぱりと否定した元宮先生に視線を奪われる。

元宮先生は切れ長のアーモンド型の目でジッと私の目を見つめた。

「あの瞬間、俺自身、なにか大切なものを思い出した気がした。それから、佐久間のことは自然と気にかけるようになっていた。他とは違う、特別だったんだ」

淡々と言葉を並べていく元宮先生に、せっかく落ち着いていた鼓動がまた少しずつ音を大きく響かせていく。

これは、仕事での、チームのメンバーとしての話だ。

でも、こんな風に個人的に気にかけているなんて言われたら勘違いしてしまいそう。

元宮先生も、もしかしたら少し酔っている……？

「もう、やめてください。特別に、なんて言ってもらったら、勘違いしそうになりますよ！」

お酒の力を借りて、普段よりやや砕けた口調で冗談っぽく言い返してみる。

あははと笑い飛ばすように言ってみたのに、元宮先生はやっぱり私の顔をジッと見つめていた。

「勘違いじゃない。特別に気にかけるというのは、君に好意があるからだ」

「え……？」

「佐久間、君のことが好きだ」

時が止まったかのように元宮先生の顔から目が離せなくなる。

なにかの聞き間違いではないだろうか。でも、聞き間違いをするほど酔ってはいないはずなのに。

耳にした言葉を疑うしかできず、どうしたらいいのかわからないまま元宮先生の顔を見つめたまま固まる。

勘違いじゃないって、君のことが好きだって、それってどういうこと？

元宮先生が私のことをなんて、信じられないしあり得ない。

私にとって元宮先生は雲の上の存在で、本来はこんな風にプライベートで関わることも恐れ多い相手。最近は少し話せるようになったけれど、優秀なドクターである元宮先生に対して憧れていることに変わりはない。

そんな思いでいっぱいになって、〝君に好意がある、君のことが好きだ〟という言葉に対して聞き返すことができない。そんなこと、確認できない……。

しかし、思いに反して鼓動は早鐘を打ち始める。打ちつけるように大きく音を立てていき、思わず胸元を手で押さえた。

「俺にそんなことを言われたら迷惑か」

「めっ、迷惑なんてまさか……！　そうではなくて、元宮先生が私にそんなこと言うなんて信じられないし、あり得ないって思って」

　慌てたように言葉を返す私を、元宮先生は余裕のある微笑を浮かべて見つめ続ける。その表情がどこか艶《つや》っぽくどきりとしてしまった。

「信じられない？　あり得ない？」

「はい」

「じゃあ、どうしたら信じてもらえる？」

　元宮先生はグラスを手に取り、ブランデーを口にする。その姿を目に、どう答えたらいいのか考えながら自分のグラスを手に取った。

「どうしたらって……」

　グイッとカクテルを喉に流し込む。その間に返す言葉を選ぶつもりが一向に思いつかず、どんどん喉の奥に濃厚なライチが流れていく。

「元宮先生は、事故の時に出会ってから、私の憧れで、仕事の目標にもなって……こうして今は、同じ現場で働けるようになったから、私は正直嬉しくて。でも、元宮先生はやっぱり雲の上の存在というか、私なんかがお近付きになれる方ではないと、そんな思考とか感情すらおこがましくて……。でも、最近はプライベートでもこうして一緒に過ごさせてもらって、仕事以外の元宮先生のことも知ることができて嬉しい気持ちもあったりして、すみません、えっと……」

考えがまとまらず、なにを言っているのか自分自身でもよくわからなくなってくる。

こんな風に自分の気持ちを口にしていること自体も自意識過剰に思えてきて、いたたまれない。

でも、これだけは伝えようと再度口を開いた。

「あの、とにかく……元宮先生にそんな風に言ってもらえて、幸せです」

溢れそうになっている今のこの気持ちを口にしてもいいものだろうか。

元宮先生からの言葉を受けて、心が大きく揺さぶられる。

「おこがましいかもしれませんが……私も、元宮先生のことが、好きです」

元宮先生の手がそっと私の手を取る。

何事かと思っているうちに手を引かれ、距離がぐっと近付く。

「ふたりきりになりたい」

「えっ」

「嫌か」

耳元で確認を取られ、気付けば自然と首を横に振っていた。

元宮先生は私の返事を聞くと、「少し待ってて」とひとり席を立つ。

離れていくスーツの背中から目が離せないまま、ドッドッと心臓が内側から打ちつける音を感じる。

これってつまり、そういうことなんだよね……!?　どうしよう、ドキドキが止まらないけど、元宮先生とならまったく嫌じゃない。

そうこうしているうちに元宮先生が戻って来て、再び私の手を取った。

「行こう」

「は、はい」

手を引かれ、バーを後にする。

ふたりきりになりたいなんて言われて、落ち着いていられるわけがない。少し前に高鳴りだした心臓は今、もう暴走が止められないほど爆音で音を立てている。

元宮先生は私の手を握ったままエレベーターへと乗り込み、十八階でエレベーターを降りた。

絨毯の敷き詰められたエレベーターホールを出て、進む先は落ち着いた照明に包まれた共有通路。

ホテルの客室と思われるフロアに連れてこられ、胸がざわめく。

元宮先生はひとつの黒いドアの前で止まると、手にしていたカードキーでドアを解錠した。

いよいよ客室と思われる空間の先に足を踏み込み、ふたりきりになったことに緊張が高まる。

「お邪魔しま、あっ――」

そのせいか、入口を入ったところのわずかな段差に足を引っかけ、また躓き、体が前に倒れていく。

私を先に部屋に入れてくれた元宮先生がすかさず手を伸ばし、転ぶのを阻止してくれたけど、その拍子に反射的に抱きついてしまい、慌てて「すみません！」と体勢を立て直した。自分から接近してしまい、一気に顔が熱を持つ。

「君は本当に危なっかしいな。目が離せなくなる」

そんな私を、元宮先生は受け止めるようにして手を伸ばす。背中に大きな手が添えられ、そのまま部屋の奥へと連れていかれる。

目に飛び込んできた広い部屋は、バーから見た夜景が全面に望めるガラス窓。置かれた調度品はどれも重厚で落ち着いた雰囲気を醸し出していた。

さすが会員権がないと宿泊できないホテル。どこに目を向けても豪華で申し分ない。

一般庶民の私にはきっと二度と縁のない場所だ。

「顔が少し赤い」

私をソファにかけさせ、元宮先生はネクタイを緩める。少しリラックスしたような横顔にドキリとした。

「え、あ、これは……」

お酒はあまり顔に出ないタイプ。だからこの赤面は、元宮先生に対しての緊張でだ。

そんなことを言うわけにもいかず、もじもじと視線を落とす。

不意に頬に少し冷たい指先が触れ、そっと視線を上げてまた鼓動が高鳴った。

「普段は見られない、佐久間の姿だな。貴重だ」

心臓の暴走が始まる。

元宮先生が真っ直ぐに見つめてきて、その瞳に吸い込まれそう。逸らしたいのに目が離せなくて、見つめ合ったまま静かに時が流れていく。

「そんなこと言ったら、元宮先生だって……病院での先生とは、全然違います」

失礼な発言かもしれないと思った時には、もう言い終えていた。

私の言葉を受け、元宮先生は薄い唇に笑みをにじませる。

「……今は、仕事のことは抜きにしよう」

甘い声で囁かれた内容に緊張が高まる。

頬に触れていた指先が下りてきて、膝の上で組む私の手を取る。そっと引かれ接近すると、耳元で「今は……」と囁くような声が鼓膜《こまく》を揺らした。

「ただの男だ」

衝撃が強すぎて、一瞬心停止したかと思った。

瞬きを忘れて近距離で元宮先生と見つめ合う。自分でどうすることもできないスピードで顔に熱が集まり、そんな私を元宮先生はクスッと笑った。

「あまり、そんな顔で男を見つめない方がいい」

「え……？」

「抑えられなくなる」

「っ――」

声を出しかけて反応した時には、傾いた元宮先生の顔が近付いて、言葉を奪うように唇が触れ合っていた。

信じられない状況に私の中の時が止まる。

目を開いたまま数秒の口づけを受け止めると、離れた端整な顔に目が釘づけになった。魔法にでもかかってしまったように、元宮先生から目が離せない。

「元宮せんせ……」

ぽつり、彼の名前を呟いた私は、次の瞬間にはかけていたソファから体が浮いて離れていた。

元宮先生の腕に横抱きにされ、ふわりふわりと運ばれていく。

背中が着地したその先は広くふんわりとしたベッドの上で、真上から私を見下ろした元宮先生と見つめ合う形になった。

言葉を交わすこともなく、再び唇が重なり合う。今度はさっきとは違う触れるだけの口づけではなく、元宮先生は私の唇を確かめるかのようにキスを深めていく。

こんな丁寧な口づけは今まで経験がなく、呼吸に戸惑い息を止める。

やがてそっと舌で唇を開かれ、さらに濃厚な口づけへと発展していった。

「っ、ふ、んっ……」

声とも吐息とも言えないものが口の端から漏れていく。

ベッドに投げた手に大きな手が重なってきて、指と指が絡み合った。

壊れるほど高鳴る鼓動は、この先もつのだろうかと不安になるほど。

濃厚な口づけにすっかり呼吸を乱した私は、いつの間にか潤んだ瞳で顔を離した元宮先生をジッと見上げた。

「せんせ……私、その、こういうことに、縁がなくて……」

私がなにを言おうとしているのか、元宮先生は察したのかもしれない。

優しい笑みを浮かべ、私の耳元に唇を寄せる。

「優しくする」

まるでおまじないのようにその言葉でホッとし、身をゆだねてそっと目を閉じた。

「芽衣」

彼の声で聞こえた自分の名前に心臓が激しく打ち始める。

「芽衣も、もう〝元宮先生〟はおしまいな」

「えっ、あ、はい。じゃあ、えっと……克己さん？　と、下の名前で呼んでも……？　慣れないので、初めは間違えちゃうかもしれないですけど……」

意識しないと、すぐ〝元宮先生〟と呼んでしまいそうだ。だって、今までそう呼んできたのだから……。

「ああ、早く慣れてくれたら嬉しい」

ふっと笑ってそう言った克己さんの長い手が、私の体のラインを確かめるように滑っていく。

私はただただ体を緊張させて、克己さんの綺麗な顔を直視するしかできない。

目が合うと彼は吸い寄せられるようにして私の唇を奪う。

「……っ、ふっ――」

触れては離れる口づけは唇の柔らかさを調べるみたいに繰り返され、いつの間にか深くその先を求めて深まっていく。

でも不思議なくらい自然で、そこに強引さは皆無。

自分でも驚くほど違和感なく唇を割って彼の舌を迎え入れていた。

深まる口づけに頭がくらくらとしてくる。

「んっ、っ……」

意識が持っていかれている間にワンピースのフロントボタンは外され、中に着ているキャミスリップが現れる。

急激に羞恥に襲われたものの、目の前でシャツを脱ぎ捨てた克己さんの肉体美に目が釘付けになった。

普段のスクラブ姿でも、肩幅が広く、腕も筋肉の筋が目に飛び込んできたりして、男らしいなとはなにげなく思っていた。

だけど、こうして衣服を脱いだ上半身は鍛え上げられていて逞しい。ほどよく主張する胸筋もシックスパックも、私の胸をますます高鳴らせていく。

「白くて柔らかくて、綺麗だ」

素肌に触れた指先に体が勝手に跳ねる。それが胸の膨らみに到達すると、「あっ」と自然と声が漏れ出た。

克己さんは丁寧に私の敏感な部分を探り当て、じっくりと焦らし堪能する。

「っ、せん、せ……もう、ダメ、あっ――」

隅々まで愛されとろけてしまった私の耳元に、覆い被さるようにして迫った克己さんが近付く。

「芽衣……好きだ」

吐息混じりのその声が鼓膜を震わせた時、ゆっくりと体が繋がった。

「あぁっ――」

もう忘れかけていた感覚に体が慄《おのの》いたけれど、彼は優しく私の髪を撫《な》でて安心させてくれる。

「大丈夫か」

「は、はい……大丈夫です」

そう答えたものの、体は緊張しているのを感じ取ったのだろう。克己さんは私を気遣って決して自分本位なことはせず、壊れ物でも扱うように丁寧に大事に私を包み込む。

何度も名前を呼んで、好きだと想いを伝えてくれるうち、身も心も満たされていくのを恍惚《こうこつ》とした中で感じていた。

薄っすらと目を開けて、いつもと違う部屋の薄暗さに即座に頭が冴える。

同時に頭を撫でられている感覚に目もぱちっと醒めた。

「っ……」

ハッと息を呑んだ私へ向けられる微笑に、かけられていた柔らかい寝具を無意識に目元まで引き上げる。

そんな私を見て、となりで横になっていた克己さんはふっと笑った。

「おはよう」

「おはよう、ございます……」

朝の挨拶は毎日しているけれど、こんな状況で〝元宮先生〟に『おはよう』と言う日が来るなんて思いもしなかった。というか、想像するはずもない。

となりで上体を少し起こした克己さんは、腕を立てて手の平に頭をのせた。

ほとんどなにも身に着けていない状態で同じベッドに入り、近距離で見つめ合う。

昨晩、肌を重ねた甘い時間が鮮明に頭の中で蘇り、途端に体の熱が上がった。

「体は大丈夫か」

「へっ」

真顔でそんなことを聞かれ、今度は顔まで熱くなる。対面している顔は、あからさまに赤面しているに違いない。

「は、はい、大丈夫です……」

寝具を鼻の上までかけたまま、くぐもった声で答える。

少なくとも社会人になってからは昨日のような場面に縁もなく、もう何年も男性と体を重ねていない。

遠い昔の記憶でしかなくて、それも昨晩のような濃厚なものではなかった。

だから、いざそういう雰囲気になった時、緊張と同じくらい不安で落ち着かなかった。

私から無理かもしれない、できないかもしれない、その思いが駆け巡った。

私からの返事を聞いた克己さんは、またそっと手を伸ばし、私の頭を優しく撫でる。

そして、ベッドから立ち上がった。

筋肉がほどよくついた逞しい背中から慌てて目を逸らし、離れていく姿を見ないようにしてやり過ごす。

ベッドの中にひとりきりになって、小さく息をついた。

同時にハッとして、もぞもぞと動き始める。そばにまとめて置いておいた下着や服を手繰《たぐ》り寄せ、そそくさと身に着けた。

そんなことをしながら、ふと克己さんが去っていった部屋の向こうに目を向ける。

一夜明けても、未だに昨晩の熱が放出されない。それどころかまだ体の中が熱い気がする。

未だに、克己さんが私のことを想ってくれていた事実が信じられない。

でも、彼は酔った勢いでもなく、きっとその場の雰囲気やノリで私に好意があると言ったわけではない。

『佐久間、君のことが好きだ』

そう言ってくれた時の真っ直ぐな視線に嘘偽《うそいつわ》りは感じなかった。

だから、私も秘めていた彼への想いを思い切って口にした。

恍惚とした甘い時間の中で、何度も『好きだ』と囁かれた切なげな声が耳から離れない。

ぼんやりとそんなことを思い返していると、人の気配を感じて顔を上げる。

少し前に去っていった克己さんが、身支度を整えたスーツ姿で戻ってきた。シャツにネクタイを締めながらこちらに近付いてくる。

その姿をベッドに腰かけたまま見上げると、彼は私の横に並んで腰を下ろした。

「昨夜のことは、成り行きでとか、一夜の過ちのつもりはない」

いつも通りの落ち着いた調子で話す。

本当に……？

もしかしたら、謝られて、なかったことにしてほしいなんて言われてしまう可能性もあるかもしれないと、そんな展開も頭によぎったばかりだった。

「ただ、順番を間違ってしまったことを謝りたい。申し訳なかった」

「いえ、そんなこと。私こそ――」

話を遮るように克己さんが「悪い」と言って立ち上がる。

どうしたのかと思えば、スーツのポケットからスマートフォンを取り出して通話に応じた。

「お疲れ様。……ああ、わかった。今から十五分ほどで入れると思う」

彼の受け答えだけで、病院からの呼び出しというのはすぐにわかった。

通話を終わらせた克己さんは、私に振り返り「芽衣」と私の名を口にした。

「申し訳ない」

「いえ。呼び出し、ですよね？」

先回りしてそう言ってみると、克己さんは「ああ」とスマートフォンをしまい直す。

「手が回らないらしい」

「そうですか」

今すぐにでもここを出ないといけない事態を察して、無意識に「行ってください」と口から出る。

「悪い。日を改めて、またじっくり話をさせてほしい」

「はい、わかりました」

克己さんは最後にまた「先に出る」と言い残し、足早に私の前から立ち去った。

＊＊＊

彼女をひとり残し、先に部屋を出ることに後ろ髪を引かれる思いだった。

本当はまだ一緒にいたかったし、自宅まで送り届けるつもりだった。

しかし、病院からの緊急の呼び出しに応じないわけにはいかない。同じ現場で働く彼女だって、それはすぐに向かってくれと言うに違いない。

帰り際、フロントに彼女が帰る際にはタクシーを呼んでもらうよう伝えてホテルを去った。

頼れるチームの一員だった彼女は、ただ仕事ができるだけではなく、人間味に溢れた温かい部分を多く持ち、時折そんな姿を垣間見てきた。

いつしか気にかけるようになってから、ふたりで話す機会に恵まれた居酒屋での夜。あの時は単に、思い詰めている彼女の力になりたいと、その思いだけで気晴らしに連れ出そうと思いついただけだった。

でも今思えば、あの時すでに彼女に特別な感情を持って接していたのだろう。

プライベートでの彼女は、仕事の時とは違う姿を見せてくれた。

普段は緊張感を常に持って受け答えをするような場面でしか言葉を交わしたことがなかったけれど、仕事から切り離した彼女は楽しそうに笑い、よく話してくれた。

時間はあっという間に過ぎ去り、もっと一緒に過ごしたいと自然と思っていた。

その日からますます彼女の存在が自分の中で大きくなり、仕事外で会える機会をうかがっていた。話した趣味に興味を持ってくれたというのも嬉しかったし、結果的にその話題から次を取りつけることができ、昨日二度目の約束の日を迎えた。

また彼女と個人的に会える。その日を待ち遠しく思いながら日々を過ごした。なにかを楽しみに、それも、人との約束を楽しみにするなんて生まれて初めてだった。

走り慣れた道、フロントガラスの先には病院が見えてくる。

先に部屋を出る俺を見送ってくれた彼女のどこか寂しげな顔を思い出し、切なさと同時に焦燥感《しょうそうかん》を覚える。

ここまで募らせてきた彼女に対する想いは伝えた。

彼女の気持ちが自分へと向いていると知った時は、もう高ぶる想いを抑えきれなかった。しかし、強い好意があるからとはいえ、順番を間違えてしまったことはやはり気がかりだ。彼女を、正式に恋人として俺のものにしたい。

もっと一緒にいられたのなら、別れ際にあんな顔をさせないで済んだだろうか。

後悔にも似た想いを抱えながら、駐車し駆け足で通用口へと急いだ。

6、別離と誕生と

九月に入り相変わらず暑さは続くものの、日に日に秋の気配を感じるようになってきた。

熱帯夜は減り、深夜から明け方にかけては窓を開ければ涼しい空気を感じられる。

そんな日が多くなっていき、日中の気温も落ち着いてくるのだろう。

日勤で出勤すると、救命は昨夜ニュースになっていた道路工事中の地盤沈下《じばんちんか》の事故による搬送患者でベッドが半分埋まっていた。

夜勤組も通常の勤務時間より残業し、少し前にへろへろになって帰っていった。救命の忙しさは予測できないことが基本だ。

正午近くになってやっとセンターが落ち着いた頃、私はひとり、朝一で業者から届いた薬剤を段ボールから出してチェックを行っていた。

本来ならすぐに行う業務も、今朝のような忙しい日は後回しにすることもある。

納品書をチェックしていた時、視界の端に人の姿をキャッチしてつられるように目を向ける。

それはセンターの入口から足早に入って来たスクラブ姿の克己さんで、思わずその姿をジッと目で追ってしまう。

私の視線に気付いたようにこちらに顔を向けた克己さんと目が合って、どきりと心臓が反応した。

目が合っていたのはほんの数秒。でも、彼の顔にわずかに笑みが浮かぶ。

見逃してしまいそうなほど一瞬の出来事にまたどきりとする。どこか秘密めいた、私にだけ見せてくれたもののような気がしたからだ。

今までこの場所で克己さんがあんな顔を見せてくれたことはない。

一緒に朝を迎えたあの日から、早二週間近く。

あの日、緊急で呼び出しを受けた克己さんは、それを引き金に多忙を極めている。

ここのところ大きな事故などが立て続けにあり、フライト出動も近隣病院からの救急搬送も多く日々忙しさを感じる。

『日を改めて、またじっくり話をさせてほしい』と言い残しあの場を去っていった克己さんからは、その後特になにか連絡がきたりはしていない。

聞くところによると、学会が近々あって勤務時間外も仕事から解放されない日々を送っているそうだ。

私だけの気持ちを全面に主張していいのならば、一日でも早く克己さんと話す機会が欲しい。

あの夜のこと……私にかけてくれた言葉の数々を確かめたい。

それまで共に働いてきた克己さんは、私にとって憧れで眩しくて、この人についていきたいと思えるほど尊敬してきた。

今もそれはなにも変わらないし、これからも同じに違いない。

そんな思いを抱いてきた相手から言われた、好きだという言葉。信じられない思いしかなかった。

でも嬉しくて、気持ちが追いつかないほど幸せで。これは夢ではないかと何度も疑った。

この間の一件があってから、私の頭の中は克己さんのことばかり。

彼のことやあの日の出来事を思い出すだけで鼓動が高鳴るし、ふわふわ幸せな気持ちに包まれる。今だって、ほんの少し目が合って、気のせいかと思えるほどの微笑を見せられただけで胸がときめいている。

こんな気持ちを抱くのは、いつぶりだろう。四六時中考えたり、胸を高鳴らせたりなんて、もう憧れを超えた特別な感情だ。

早くまた話せる機会が欲しい。

だけど、仕事が多忙を極めているのはわかるから、私から邪魔をするようなことはしたくない。克己さんからの連絡を静かに待とうと思う。こうして待つ時間も嫌いじゃない。

「あ、芽衣、ネオシンだけ後で持ってくるって言ってたよ」

しゃがみ込んで作業をしていた私の背後から、美波が声をかけてくる。ネオシンは、急性低血圧やショック時等の補助治療に使う薬剤だ。

「え、そうなの？　今、ちょうど納品書見てて、納品書には印字あるのに入ってないなって」

「そう、なんか新人さんが入れ忘れたとかって。一回営業所に戻るから、取ってくるって言われた」

「そっか、了解」

そんな話をしていた時、近くから「すみません」と女性の声が聞こえた。

顔を上げて振り向くと、ステーションの前にひとりの女性が立っていた。私たちと同じくらいの年代だろう。

膝下までのマーメイドスカートに、サーモンピンクのアンサンブルニット。胸元まである黒髪はサラサラのストレートヘアで、清楚な雰囲気の女性だ。

「元宮先生は、お手隙でしょうか？」

女性から出てきた名前に、不意にどきりと鼓動が跳ねる。

克己さんなら、ほんの数分前にここを通りかかった。

「あ、はい。少々お待ちください」

私がそう言ったとほぼ同時に、後方から「佐久間」と名前を呼ばれる。

来たのは由香さんで、小声で「私が」と、窓口を代わってくれた。

由香さんは「こちらへどうぞ」と、女性を案内していく。

その姿を見送りながら美波が「また最近来るようになったな……」と言った。

「え？」

「今の女性、上原《うえはら》さん。あれ？　芽衣、知らないっけ？」

「うん、わからないかも。元、患者とか？」

元患者さんなら記憶しているはずだけど、今の女性には見覚えがない。

美波は「いやいや」と否定する。

「患者じゃない。あの人、女医だよ」

「え……ドクター？」

意外な正体に小首を傾げる。

「そう。芽衣が来る前はよく来てたんだよね」

ということは、四年くらい前の話……？

「横浜《よこはま》のさ、神奈川《かながわ》医大の付属病院。あそこの、名誉教授だかなんかの娘らしいんだけど」

そこまで言った美波は、一度周囲を気にしてから私の耳元に近付く。

「当時、元宮先生とお見合いしたらしいよ」

「えっ」

思わず声が出てしまう。美波は人差し指を立て、口の前に当てた。

「私も聞いた話なんだけどね。なんでもその後の進展はなかったみたいなんだけど、ここに熱心に通ってくるあたり、彼女の方はお熱なんだろうって当時みんなが噂してたんだよね」

お見合い――そのフレーズが飛び出してきたあたりから動悸が止まらない。

進展はなかったというのに、今克己さんを訪ねてくるのはなぜ……？

美波の話からすると、かなりの期間、頻度でここを訪れているとわかる。

そんな話をしていると、女性を案内していった由香さんが私たちのもとへと戻ってきた。

「やっぱりあの噂は本当みたいね」

由香さんの第一声に、美波と揃って由香さんに注目する。美波が即「なにがですか？」と聞いた。

「元宮先生と、上原さん。結婚秒読みなんじゃないかって話」

え……？

思わず目を見開いてしまった。

数秒間時が止まったような感覚を覚えたものの、ハッと我に返って何事もなかったような表情作りに努める。

結婚、秒読み……？

「えー、そうなんですか？　付き合ってるんじゃないかって噂は立ってましたもんね」

話の内容に衝撃を受け、心が追いつかない状況でも目の前で会話は繰り広げられていく。

克己さんと、さっきの女医が付き合っているという噂……？

「お見合いして進展しなかったものの、今はお付き合いされているってことなんですか？　それで、結婚という話に……？」

平静を装いつつ、真相を突き止めようと質問を繰り出す。こんなことを口にするだけでも、心臓が壊れそうなほど拍動して気分が悪くなってくる。

私の問いに、美波が「そうかもね」と頷いた。

「お見合いの席ではうまくいかなかったけど、上原さんの熱烈なアプローチに元宮先生もころっといっちゃったんじゃないの？」

由香さんは話を続けるように「これはもっと噂レベルなんだけど」と小声になる。

「元宮先生、協力医として近々アメリカに行くって聞いたの」

え……そんな話、聞いていない。

「でさ、今、上原さんが私に、長いこと押しかけてすみませんでしたって、突然。アメリカに行くんですって、挨拶されて」

「えっ、それって絶対元宮先生とじゃないですか！」

美波のその声で、頭を強く殴られたかのようにくらっとめまいを感じる。

盛り上がるふたりを前に、なにもリアクションを取ることができない。

そんな中、呼び出しのコールが鳴り響いた。

「あっ、私行きます」

ふたりより先に反応し、対応に向かう。

でも、息苦しさを感じるほど鼓動は激しくなっていた。

せっかくお昼ご飯を食べる時間が確保できる日だったのに、まったく食欲が湧かず、食べたのはコンビニで買った小さなフルーツゼリーひとつだけ。

それでもお腹がいっぱいになった。

知ってしまった話がぐるぐると頭の中で巡り、あれから気持ちが落ち着かない。

仕事に集中している時間は問題ないけれど、ふと気を抜くとすぐに頭の中を占領されて胸が苦しくなる。考えないように振り払ってなんとかやり過ごした。

病院内の調剤薬局へと出向き、その帰り道。

仕事中でもこういうちょっとした時間にまた余計なことを考えてしまい、ひとり深くため息を吐き出す。

「芽衣ちゃん」

どこからともなく名前を呼ばれ振り返る。

後方から近付いてきたのは柳川先生で、私のすぐそばまでやってきた。

「なに、ため息なんかついちゃって。なにかあった？」

このまま肩でも組んできそうな距離間まで詰められ、驚いて体を反る。

それでも気にせず柳川先生は横から私の顔を覗き込んだ。

「お疲れ様です」

「うん、お疲れ様。で、どうかした？　なにか仕事で嫌なことでもあった？」

そんなに大きなため息をついていたのだろうか。自覚症状すらない。

「いえ、すみません。不快なものをお見せしてしまい……」

「そんなことないよ。冴えない顔で歩いてたから、心配しただけだし」

「すみません」

もう謝る言葉しか出てこなくて、このまま解放してもらえないかと思いながら会釈する。

「業務中ですので」

「少しだけ、五分だけでいいから時間くれない？　食事の約束くらい、取りつけてもいいよね？」

またいつものようにお誘いの話になってきて、自然と早歩きになっていく。そんな私の様子にもお構いなしに、柳川先生は「来て」と肩に腕を回してくる。

「あの、私ではなく、他をあたってください」

「なに言ってるの？　俺は芽衣ちゃんと食事がしたいの。他をあたるなんてしないよ」

当たり障りなくやんわりと断っているものの、柳川先生はめげずに約束を取りつけようとしてくる。救命センターから逸れた方向に連行され始め、困って「あのっ」と柳川先生を見上げた。

もう今はそんな話に対応している元気もない。そんなことを思っていた時だった。

「っ⁉」

突然、後方から腕を掴まれ、引き留められる。

驚いて振り向いた先に見えたのは克己さんで、なぜだか私を柳川先生から引き離していた。

「うちの佐久間になにか用でも？」

急なことに動揺しているうちに、克己さんが柳川先生に問いかける。

私同様、柳川先生も克己さんの乱入に驚いている様子で、ジッと彼のことを見つめていた。

「なにかって、ただ食事に誘ってただけだけど？」

柳川先生は悪びれる様子もなく事実を口にする。表情もどこか挑発的で微笑を浮かべていた。

「だったら、今ここでお断りだ」

「は？　なぜ」

「彼女と付き合っているからだ」

克己さんの口からさらっと出てきた言葉に、思わずとなりの彼を見上げる。

克己さんは至って真面目で冷静な表情で柳川先生を見据えている。

「わかったなら、金輪際《こんりんざい》近付かないでもらおう」

そう言い残し、私の手を引いて柳川先生のもとを後にした。

そのまま無言で、通りかかった通用口から外に連れ出される。重い鉄製のドアを開ける時にやっと手を離され、思わず後方を振り返った。

誰かに見られていることはなさそうだけど、いつどこで誰が見てるとも限らない。

一歩外に出ると、昼下がりといえ湿気を含んだ暑さに包まれた。

「悪い、困っているのだろうと察して口を挟んだ」

「あっ、ありがとうございます。助かりました」

「やっぱりそうか。今みたいな場面を何度か見かけたことがあったからな。以前も、食堂で」

昼食中に席に柳川先生が来て、ちょうどオペのことで克己さんが声をかけにきてくれた時のことだろう。

「はい、すみません、ありがとうございました」

ぺこりと頭を下げ、仲裁に入ってもらったお礼を伝える。

『彼女と付き合っているからだ』

でも、その言葉について聞くことができない。

きっと、深い意味はない。あの場でそう言っておけば、柳川先生も食い下がれないだろうという、嘘も方便というやつだろう。

だって、克己さんには、あの上原さんという方が……。

「なかなか時間を作れなくて申し訳ない。改めて話がしたいとこっちから言っていたのに」

「いいえ。お忙しいのは重々承知ですので、気にしないでください」

「急だが、今晩はどうだ？」

突然の誘いにどきりと鼓動が跳ねる。

「あ、はい、今晩は……」

心待ちにしていた克己さんからのお誘い。

だけど、さっき聞いてしまったことが頭をよぎる。

『元宮先生と、上原さん。結婚秒読みなんじゃないかって話』

そんな相手がいると知って、プライベートな時間にふたりで会うことなんて許されない。

「ごめんなさい。今晩は、用事があって……すみません」

気付けば口が勝手にそう言っていて、頭を下げていた。

「そうか。急だったからな、仕方ない」

「はい、すみません」

「また、都合がつきそうな時に。今度は前もって予定を聞くよ」

克己さんはそう言うと、「先に戻る」とひとり先に院内に入っていった。


その晩、本当はなにも予定なんてなかった私は、真っ直ぐ帰路につき、近くのスーパーで夕飯の買い物をして帰宅した。

まったく食欲が湧かず昼にほとんどなにも食べなかったけれど、不思議なことに夕方になってもそれほどお腹は空かず、食べやすいスープスパゲッティの材料を買い求めた。

湊斗が一緒に住んでいるから、なにか作ろうという気が起きるのは幸い。独り暮らしだったら、今日みたいな日はなにも食べずに終わってしまうに違いない。

帰宅後すぐに食事の準備をし、もう少し帰宅まで時間がかかると連絡があった湊斗の分だけ残して先にひとり夕食をとった。

それからシャワーを浴び、リビングのソファに転がる。

読んでみようかと買っておいたアウトドア雑誌がカーペットの上に置かれていて、手を伸ばした。

「はぁ……」

克己さんの趣味が私の趣味にもなり始めていたけれど、今はなんだか虚《むな》しい気持ちになってしまう。

今晩、もし約束を受けていたら、どんな話をしたのだろう……？

あの時、余計なことを考えずに約束をしておけばよかった。そんなことを思ったりもしたけれど、後の祭り。

あんなに次会って話せるのを楽しみにしていたのに、私はその貴重なチャンスを自ら棒に振ってしまった。

でも、これでよかったのだと今は思っている。

克己さんには、将来を約束している相手がやっぱりいたのだ。

どこかで違和感があった。

脳外科医出の優秀なフライトドクターというスペックに、文句のつけどころのないルックスの持ち主で、女性が放っておくはずがない人だ。

頭のどこかで自然とそう思っていたから、私との関係にはただただ驚くばかりだったし、どこかでやっぱり信じられていなかったのだとやっとしっくりきた。

始まりかけていた恋は、思わぬ方向からの衝撃によってあっという間に玉砕《ぎょくさい》。

ショックも大きいけれど、どこか納得している自分もいる。

かけてくれた言葉の数々も、あの一夜の温もりも、嬉しかった幸せな思い出として、自分の中にそっとしまっておく。

ぼんやりとしながら雑誌を眺めていると、ソファの傍らに置いておいたスマートフォンがメッセージの着信を知らせる。

湊斗からかと手に取ると、そこには克己さんの名が表示されていてどきりとした。

【今日は急な誘いをして悪かった。今週末は時間が作れそうだけど、金曜日の都合はどう?】

その内容に、ドッドッと鼓動が速まる。

会って話したい。これまで数度プライベートな時間を共有して楽しかった記憶が蘇る。またあんな時間を共有したいと思う半面、それはもうできないことに胸がしめつけられる。

だけど、スマートフォンを手にした私は、なにも考えることなくメッセージの返信画面に文字を打っていく。

【金曜日、大丈夫です】

そう打ってすぐ、指先は慌ててデリートをタップしていた。

願ってはいけない、求めてはいけない。

【すみません、金曜日も先約があります】

そんな簡単な一文を作るのに何分もの時間がかかり、仕上がっても紙飛行機のマークをタップできない。

ジッとその文面と睨めっこしていた時、「ただいま」と背後からいきなり声をかけられ、「うわっ」と驚いて背もたれから体を起こした。

「あ、おかえり……」

「なんだよ、そんなに驚くことか？」

「ううん、ちょっと考え事してて……あぁっ！」

「今度はなんだよ？」

スマートフォンに目を落とすと、今の今まで送信できないでいたメッセージがなぜか送信済みになっている。
帰宅した湊斗に驚いた拍子に送信の部分に触れてしまったのかもしれない。
送信取り消しをしようと思ったものの、すでに既読の表示が出ていて瞬きを忘れた。
送っちゃった……読まれちゃった……。
後悔に似た気持ちに襲われるものの、これでよかったのだと気持ちを鎮める。
うじうじ極《きわ》まりの悪い私に、きっと神様が代わって断りを入れてくれたのだ。
そんなことを思っているうち、【わかった。また連絡する】という返信を受信した。

九月中旬を迎え、私はここ最近気がかりなことにずっと頭を悩ませている。
ただの杞憂《きゆう》であればいいと思いながら、毎回のお手洗いで確認し、『まだか……』
と心の中で呟く。
毎月必ずぴったり同じ日にきている生理が、今月はまだきていないのだ。
どんなに忙しくても、体調が悪くても、毎月遅れることのなかった生理。
それなのに、今月はもう一週間以上が過ぎているのだ。
初めてのことだけど、きっと少し遅れているだけ。そう思いながら日々を過ごし、
毎日ドラッグストアを通る時に立ち寄ろうか悩む。

でも、今日は思い切ってドラッグストアへと足を踏み入れた。

まさか、とは思っている。しかし、ここのところ食欲はあまりなく、なんとなく体が怠《だる》いと感じることが続いている。

遅れる生理、普段は感じない体調の変化。

その原因は、もしかしたら妊娠……そんな予感が、頭をよぎるようになった。

きっと考えすぎだと思う。でも、避妊は百パーセントとも言い切れない。その思考のスパイラルに陥り、ぐるぐると悩み続ける。

それなら、検査をしてはっきりさせた方がいいだろうという決断に至った。

妊娠検査薬の売り場の前で手に取るのをためらい、数十秒悩んだ末に意を決して箱を手に取った。

取り越し苦労ならそれでいい。

募る不安の中、帰宅後すぐに買ってきた箱を握りしめトイレの個室にこもった。

使ってみて、陰性なら気を揉むだけ無駄だったとホッとできる。

でも、万が一、もしものことがあったら……。

いよいよ使用した検査薬を前に、激しくなっていく鼓動に包まれる。小窓をジッと見つめ、思い出したように ごくりと喉を鳴らした。

陽、性……？

はっきりと出た陽性と検査終了の二本線に、しばらくトイレの個室から出られなかった。

何度確認しても、使用した検査薬の陽性の線は消えることはなく、見るたびに現実を突きつけられた。

調べる前は、妊娠しているなんて確率はほとんどないだろうと思っていた。調べて、心配事をひとつ減らせたらそれでいい。そのくらいの気持ちでいた。

それが、まさかの結果となり、自分自身まだ受け入れられていない部分もある。

あの日、克己さんはきちんと避妊してくれていたはずだ。でも、だからといって必ずしも百パーセントではない。

夢だったと、なにかの間違いだったと、そんな都合のいい展開が起こらないかと何度も思い描いた。

でも、自分の体調の変化が現実を突きつけてくる。

今朝は食欲がない上、貧血のようなめまいも感じて家を出るのが遅れてしまった。

おかげで今、駅から病院まで小走りで向かっている。走らないと出勤時間にギリギりだ。

「ちょっと、そこのあなた」

やっと目の前に病院が見えてきて、敷地内に入る間近の歩道でどこからともなく声をかけられる。

振り返ると、すぐそばの車道に停車している黒塗りのセダンの後部座席の窓から、見覚えのある顔が覗いている。

周囲に私以外の姿はなく、間違いなく呼び止められたのは私だとわかった。

この人、克己さんの……。

立ち止まった私を前に、上原さんは後部座席から降車してくる。

今日は、クリーム色の上品なワンピースを身に着け、長く艶のある髪はハーフアップにしている。

私の目の前まで来た彼女は、「どうも」と微笑を浮かべた。

どうして院内でもないこんな場所で、上原さんに呼び止められるのかわけがわからない。頭を下げながらもそんな思いになる。

「佐久間芽衣さん、よね？」

「あ、はい……」

私の名前を確認した彼女は、形のいい唇を上げ笑顔を見せる。でも、目が笑っていないとわかり、警戒心が募った。

「仕事で克己さんが大変お世話になっていたようで、どうもありがとう」

突然の礼に心がざわざわとし始める。

その言い方が、克己さんと深い関係だというのを匂わせているからだろう。

「あと……プライベートでも仲良くしてもらったみたいで」

ドキッと、胸が音を立てた。頭で考える前に「いえ」と否定する返事が出る。

落ち着いていられない私とは対照的に、上原さんは余裕の微笑を浮かべ、私から目を逸らすこともしない。

私の方はその視線に耐え切れず、逃げるように視線を泳がせた。

「もし、勘違いしていたら困るから、単刀直入に言うわね。彼にとって、あなたは遊びだから」

後頭部を硬いなにかで思いっきり殴られたような、そんな衝撃が走る。

瞬きを忘れた私は、上原さんのどこか尖った、そして勝ち誇った表情から目が離せない。

「私たち、もうすぐ結婚するの。彼、アメリカに行くことになったから、私も一緒にね。式は、向こうで挙げる予定」

聞きたくない情報がどんどん耳に入ってくる。

それでもこの場を切り抜けるために引き攣《つ》る顔になんとか笑みを浮かべた。

「そうですか。おめでとうございます」

私からの祝福の言葉に、上原さんは「ありがとう」と口角を上げる。

それ以上はもう彼女の声を聞きたくなくて、「すみません、始業ギリギリなので」と頭を下げた。

「失礼します」

最後に挨拶だけ残し、小走りで病院の敷地内に逃げるように入っていく。

衝撃と落胆、そして、やっぱりそうだったのかという納得で心はぐちゃぐちゃに乱されていく。

もう絶対に、克己さんのことは忘れなくてはいけない。

悲痛な想いを胸に、潤んでしまった目を力強く手の甲で拭った。

十月に入り、酷暑と呼べる日は大分なくなってきた夏の終わり。

私は日々の業務に加え、新人教育、さらにはドクターヘリ事業を周知するための一般向けイベントの企画や準備に追われ、多忙な日々を送っている。

仕事が忙しいおかげで余計なことを考える暇も減り、心の安定はそれなりに保てている気がする。

だけど、職場には克己さんがいるわけで、顔を合わせるのは避けられない。

幸い、克己さんは業務中になにかプライベートなことを話しかけてくる人ではないので、今まで通り業務を遂行できている。

克己さんの方もかなり多忙を極めているらしく、最近は外出も多いようだ。

妊娠検査薬を使用した次の休日には、ひとりで産婦人科の受診に訪れた。

病院での検査の結果は、もちろん陽性。妊娠五週目だと診断され、ここでやっと自分の中でお腹の中に命が宿っていることを認められた。

同時に、これからどうしていくかを真剣に考え始めた。

お腹の子の父親は、婚約者のいる人だと知ってしまった。

葛藤した。本当にひとりで産み育てられるだろうか。出産して産み育てることで、彼に迷惑をかけることになってしまわないだろうか。

でも、いくら考えても産まない選択肢はなくて、克己さんには絶対に知られることなく極秘で産み育てるという結論に至った。

人生で初めて、本気で想いを寄せた人。これから先、ずっと一緒にいたいと思えた人——そんな風に思える相手に、この先もう会うことはないかもしれない。

どちらにしろ現実的に考えて、このまま仕事を続けていくことは難しく、働けてもあと二カ月。それも、体調の変化がなければであって、妊娠初期に無理をして流産ということも避けなくてはならない。

妊娠を隠して働くには、やはり今の仕事はかなりリスクが高い。重い荷物を持って走ったり、仕事中はほとんど立ちっぱなしだったりするからだ。

安定していたとしても、いずれお腹の膨らみが気になってくる時期がやってくる。やはり、早めに申し出て、救命センター内に迷惑がかからないタイミングでの退職をしないといけない。

ここのところには珍しく定時で仕事を上がって病院を出ると、関係者通用口の先に克己さんが立っていた。

ハッとして足が止まった私を、克己さんの視線が捕らえる。

「お疲れ様です」

「お疲れ様。待っていた」

待っていたなどと言われて、途端にどきりと鼓動が跳ねる。

「この後、時間をもらえないか」

「あ……すみません、今日は、予定があって」

考える間もなく自然と断りの言葉が出てきたことに自分自身で驚く。そうインプットされている機械のようだ。

「少しでいい。予定に遅れないようにする。だから、数分でもいいから時間をもらえないか」

真摯《しんし》な眼差しで懇願され、それ以上断りの言葉は出てこなかった。

私から「少しでしたら」と言われた克己さんは、「車で話そう。送っていく」と言い、駐車場へと向かっていく。

その背中をとぼとぼと追いかけながら、立体駐車場へと足を踏み入れると、渓谷のカフェに連れていってもらった日のことを思い出した。

ここで待ち合わせをし、車に乗せてもらった時の新鮮なドキドキ感が蘇る。

克己さんは駐車してある車まで向かい、助手席のドアを開けて私を乗せてくれた。

今からいったいなにを話すのだろう。

少しでいいから時間を欲しいと言うくらいだ。なにかどうしても話したいことがあるのかもしれない。

膝の上に置いたバッグの持ち手を指先で弄《もてあそ》びながら緊張を紛らわしているうち、運転席に克己さんが乗り込む。エンジンをかけ「この後はどこへ送れば？」と聞いた。

「あ、駅までで構わないです」

「わかった。車を出す」

静かに車が発進する。

立体駐車場を出た車は病院敷地内を出て、駅方面へと走っていく。

大通りに出てしばらく走ると、ハザードランプをたいて路肩に停車をした。

欅《けやき》並木の街路樹の下、克己さんが口を開く。

「無理を言って悪かった」

「いえ」

運転席に目を向けると、克己さんも私へと顔を向ける。

視線が重なり合って、きゅっと胸がしめつけられた。

「なかなかゆっくり話すことができないうちに、知らせなければいけないことができた。だから、こうして無理を言わせてもらった」

知らせなければならないこと——その言葉に、心臓が不穏な音を立て始める。

私はただ黙って、ジッと克己さんの顔を見つめる。

「二年程度、アメリカへ行くことになった。協力医として」

嫌な予感が的中したという思いと、やはりその話は事実だったのかという衝撃で思考が停止しかける。

克己さんは、あの上原さんという女性と一緒にアメリカに渡る。

今日どうしても話したいというのは、別れを告げるためだったのだ。

喉の奥になにか硬い物でも詰まったような感覚を覚え、鼻がツンと痛くなる。わずかに目元が潤んで、慌てて正面に顔を戻した。

「そう、でしたか。でも、先生が必要だから、呼ばれたと、そういうことですもんね。おめでとうございます」

こんなタイミングで泣くわけにはいかず、努めて笑顔を作る。

「私も実は、実家に戻らなくてはならないかもしれなくて」

克己さんから「え？」とどこか驚いたようなリアクションが返ってくる。

私自身も予定もしていなかった言葉を口にしていて、ハッと我に返った。

「実家へ？　なにかあったのか」

「あ……母が、体調を悪くしまして……家は自営業なので、父の手伝いをしなくてはいけなくて」

全部口から出まかせ。

よくこんな嘘の話がぽんぽんと出てくるものだと自分自身で感心する。

それだけ必死なのだ。

壊れそうになる自分をなんとか守ろうと、自己防衛力が最大限に発揮されているに違いない。これ以上傷つかないようにと、無自覚のうちに。

「仕事は、相談してみて、休職の扱いにしてもらえたらと思っています。またいつか戻ってくるかもしれませんが、でもまだわかりません」

本当は退職するつもりだ。でも、今の段階ではこう言っておいた方が自然だと考えて言葉が出てくる。

やっと涙が引っ込んで、克己さんに顔を向け、穏やかに微笑んでみせた。

「せっかく就けた仕事、許されるならまだまだ従事したいですから」

克己さんの真っ直ぐな目に胸がしめつけられる。

ようやくごまかせるくらい涙が乾いたのに、また涙で視界が揺れてきてしまった。

「芽衣」

「っ、あ、すみません……大好きな仕事なので、離れるのが、やっぱりちょっと……」

仕事を離れることで涙を浮かべているように見せようとするなんて、私はずるいかもしれない。でも、今はこうして取り繕うので精一杯。

車内に沈黙が流れる。そのなんとも言えない空気に耐え切れなくなって口を開いた。

「克己さんの話を聞きにきて、私の話をしてしまいすみません」

「いや、そんなことはない。話してもらえてよかった」

「はい。克己さんも、渡米までお忙しいと思いますが。こちらにいる間は、引き続きよろしくお願いします」

仕事のことは素直に応援できる。

だけど、上原さんとのことを祝福する言葉はさすがに出てこない。

だって、私だって克己さんのことが……。

これ以上取り繕うのは難しいと感じ、「では、失礼します」と、ドアに手をかける。

克己さんは「待ってくれ」と私の腕を掴んだ。

「まだ話は終わってない。この間のことも、芽衣に対する想いもまだ、ちゃんと伝えられていない」

この間のことは、もう忘れなくてはいけないと思っている。

克己さんに将来を約束している人がいると聞いてから、少しずつ自分の中で気持ちの整理をしてきたのだ。

ただの勢いだった。気分が盛り上がってしまった。今になってそんなことを聞かされても、ショックが倍増するだけ。聞かない方がいいに決まっている。

「ごめんなさい。お話しすることは、もうないです」

心を鬼にしてそう告げると、私を掴む手がわずかに緩む。

「すみません、約束の時間がありますので」

そう言って、今度こそドアを開けて降車する。

もう克己さんのことを見ることもできず、逃げるようにして歩道を駆けていった。

ぼろぼろと頬を涙が伝う。

前が見えないほど次から次へと涙が溢れ出てくるけど、走る足は止めない。

「うう、うう――」

嗚咽《おえつ》が漏れ、声をあげて思いっきり泣いてしまいたいのをなんとかこらえる。

幸い、駅を少し離れた大通りの歩道には歩いている人の姿もほとんどなく、涙を流していても誰にも気付かれることはない。

真っ直ぐと伸びる街路樹の道を、ただただひたすら歩いていった。

その翌日、私は師長に退職を申し出た。

実家の母が急病で、自営業を営む父の手伝いをするため大至急帰らなくてはいけなくなった、と……。

もちろん、妊娠している事実は口にできない。

急な申し出に、師長は慌てた様子で対応に当たってくれた。

幸い、新人教育も進めてきたし、フライトナースの後任も育っている。

実家が大変ならば早急な退職も致し方ないという話し合いが進んだものの、迷惑をかけてしまったと頭を下げた。

自分の都合でこうして嘘までついて、最低だと思う。そのせいで多くの人に迷惑をかけていることは間違いないし、重々承知の上だ。

それなのに、一緒に働いてきた仲間たちは口を揃えて言ってくれた。

もし落ち着いたのであれば、いつでも復帰してほしい。

そんな、ありがたい言葉をみんながかけてくれたのだ。

就きたかった仕事、まだまだ携わっていきたかった仕事からこういう形で離れなくてはならないことにもショックが大きかった。

それでも今の私は、一日でも早く克己さんの前から姿を消すことを選んだ。

これ以上傷つきたくないという、弱い心に負けたのだ。

ひとつひとつの行動を起こしながら、それだけ克己さんのことを好きになってしまっていたのだと今になって自覚した。そしてまた、涙した。

急な退職希望は、すぐにセンター内に広がった。

それと同時期に克己さんの協力医としての渡米も正式に発表され、ありがたいことに私の退職への驚きは緩和された。

私の急な退職を知った克己さんは、メッセージアプリを通じてすぐに連絡を寄越してきた。

【退職すると聞いた。休職だとは聞いていたが、なにかあったのか?】

そのメッセージは短文だったこともあり、トークの一覧上で読んで、トークルームを開いて既読にすることはしなかった。

幸いこの時期、克己さんは渡米前に関連病院に出向いたり外出が多く、私も気を付けて顔を合わせないように心がけていた。

そして、後任を育てていたことで退職まではスムーズに事が運び、有休を消化しながら一カ月も経たずに退職日を迎えた私は、帰宅後、メッセージアプリを削除した。

もう、克己さんとの連絡が一切つかないように、私からも連絡をすることができないように、気持ちを断ち切るために連絡手段を一新した。

退職して、一週間。

仕事から離れた日常はぽっかりと穴が開いてしまったようで、なんだか張り合いがない。

「なんだなんだ、朝から伸びきってるな」

リビングのソファで溶けたようになっている私を、湊斗は朝のコーヒーを飲みながらやれやれといった顔で眺めている。

「退職してから抜け殻だな」

「ごめん……もう少し経てば、復活してくると思うから」

抜け殻、なんて言われてしまうのは、やっぱり仕事のことだけではない。

克己さんのことが吹っ切れていないからだ。

連絡手段を断とうとも、記憶からはそう簡単に消し去れない。

彼との思い出ごと、記憶喪失になってしまえばいいのに。そんなことすらちらっと考えてしまっていた。

確か今日、だったよね。渡米するの……。

行動として断ち切っても、心は置いてけぼり。

もう、会うこともきっとない。もし私が仕事に出戻りして再会したとしても、その時彼にはパートナーができているのだ。

もう、こんな風に彼を想うこともやめなくてはならない。

でも、不思議だ。そうはわかっていても、自然と克己さんのことを考えている。

こうして彼を想ってしまうのは、やっぱりお腹に宿ったこの子がいるからかもしれない。

今後、彼と私の人生が交わることはない。

だとしても、私はなんとしてでもこのお腹の子を産み育て、絶対に幸せにすることを心に決めたのだ。それだけはなにがあっても揺るぎない。

「まぁ、俺は姉ちゃんが家にいるのは大歓迎だけどな。毎日帰ってきたら飯できてるし、洗濯も掃除もしてくれてるし」

「一日家にいるわけだからね、そのくらいはするよ」

「まぁ、それは冗談として。体調悪そうにしてる日もあるじゃん。無理しなくていいから」

一緒に住んでいる湊斗には、退職を申し出た夜に妊娠の事実を話した。

好きになった人との子どもを宿したこと、その相手には将来を約束している人がいて、結ばれることはないこと。そして、これからの私の決意も……。

湊斗は話を聞いて、父親のいない子を産むことをまず反対した。

様々な面で苦労することは目に見えている、と……。

それは冷静でまともな意見だと私だって思う。私がこの話をされる側なら、やっぱり考えた方がいいと言葉にするはずだからだ。

でも、理屈ではなく、頭で考えて正しい答えを出せることじゃないと訴えた。

不安はもちろん大きい。だけどそれより大きいのは、どれだけ苦労をしてもこの子を産み育てて幸せにするという気持ち。

私の想いに、湊斗は『わかった』と納得してくれた。同時に、自分にできることは力になると、心強い言葉をかけてくれたのだ。

「うん、ありがと」

ここ最近、少し貧血気味だなと感じることがあり、自ら鉄剤を服用している。

相変わらず食欲も落ち気味だから、必要な栄養が摂れていないのだろう。

精神的に安定してくれれば、体調もよくなってくると思う。

心身共に少し落ち着いてきたら、これからのことも考えていかなくてはならない。

しばらくは貯金で暮らしていけるけれど、ちゃんと仕事も探して今後に備えなくてはいけない。仕事は……やっぱり救命での看護師を務めたい。妊娠中は難しいだろうけど、いつかは復職したいな。

そんな風に考えていると、部屋にインターフォンが鳴り響き、湊斗が椅子から立ち上がる。

「なんだ？　午前中から。姉ちゃんなんか頼んだ？」

「ううん、なにも」

そう答えながらドアフォンの応対に向かう湊斗を目で追う。

モニターの前に立った湊斗は、小首を傾げてからこっちを見た。

「姉ちゃんの知り合い？」

モニターを指さして湊斗が聞く。

「え？」

ソファから起き上がり確認に向かって、そこに映し出されていた姿に目を見張った。

どう、して……。

動悸が尋常じゃないほど激しく乱れる。

そこに見えたのは、スーツ姿の克己さん。

どうして部屋の前に彼が来ているのか、わけがわからない。

頭が混乱しかけてモニターをジッと見続けていると、克己さんは再びインターフォンを鳴らす。

「姉ちゃん？　知り合いなら出ろよ」

「出られない」

「え？　出られないって、じゃあどうすんの」

どうすると聞かれても、私が一番どうしたらいいのかわからない。

ただただ、あの玄関の向こうに克己さんが立っていることが信じられない。

「職場の人？　友達？　え、もしかして、お腹の子の……？」

「湊斗、ごめん。出て、私はいないと伝えて」

「え、いないって？」

「姉は、実家に帰りました。ただ、それだけ言ってくれればいいから」

心臓が口から飛び出してしまいそうで、「お願いね」と言って自室に引っ込む。

どうしたらいいのかわからず混乱を極める。でも、とにかく隠れなくてはいけない衝動に駆られた。

部屋の中まで入ってきて確かめるはずなんて絶対にないのに、ベッドの中に潜《もぐ》り込んだ。

今のは、私の創り出した幻想ではないの……？

だって、克己さんは今日渡米する日なのだ。

こんなところにまで、私に会いにくるはずなんてない。

第一、彼には一緒になる予定の女性だっているのだ。

それなのに、今、私に会ってどうするつもりだったのだろう。

モニター画面越しでも、姿を目にしたくなかった。もう、忘れようと思っているのに、私の心を掻き乱さないでほしい。

私が自分の子を妊娠しているなど、彼はまったく知らない。

私が今どんな想いでいるのか、授かった命をどう守っていこうかという不安の中にいることも、これからの人生にどう向き合っていこうかと思い悩んでいることも、なにも知らないのだ。

「姉ちゃん」

しばらくして、布団の向こうから湊斗の声が聞こえてくる。

恐る恐る掛布団の中から顔を出すと、湊斗が部屋の入口に立っていた。

「帰った……？」

「ああ、帰った」

「そう、ありがと」

ベッドの中に隠れていた私を、湊斗はわずかに眉間に皺を寄せて見つめてくる。

「今の、同じ病院で働いてた医者みたいだけど、あいつがお腹の子の父親なのか？」

「ち、違うよ。今のは、同じドクターヘリのチームの先生で——」

「それだけでここまで訪ねて来ないだろ」

私の声を遮り、湊斗は言う。

「そんな居留守使って、ベッドの中に隠れて。あいつが父親なんだろ⁉」

「違っ——」

「だから急に仕事も辞めたんじゃないの？　話が繋がるじゃん」

「違うの！　そうじゃ、なくて……」

そんなんじゃない。克己さんは、私の……。

湊斗は私の顔を見つめたまま、否定した先の言葉を待っている。

心配させたくなくて、無理やり笑みを浮かべてみせた。

「ごめん、心配させて。湊斗の言う通りだよ。彼が、お腹の子の……でも、もう会わないって決めたから」

「決めたって……でもさ、やっぱりちゃんと会って話した方がいいって。俺も同席するから」

そう言いながら湊斗は部屋を出ていこうとする。帰ったばかりの克己さんを追いかけていきそうな勢いに、慌ててベッドから飛び出し腕を掴んで引き留めた。

「待って！　もういいの、本当に！」

「いいわけないって、ひと言言ってやる！」

「お願い！　もう、やめて」

必死に玄関に向かうのを阻止する私に、湊斗は根負けしたように脱力する。

「ごめんね、ごめん……」

自分だけでなく、こうして弟にまで複雑な想いをさせてしまっていることを思い知り、やっぱり大きな悲しみに襲われる。

退職し、克己さんの顔を見なくなってわずかに回復し始めていた心の傷が、またぱっくりと開いてしまったようだ。

「姉ちゃんの気持ち考えないで、ごめん、俺……」

「湊斗……」

「でも、なにか困ることがあったら、いつでも相談してほしい」

そう言った湊斗は口角を上げて「頼りない弟だけど」と付け加える。

心配してくれる優しい心が嬉しくて、思わず私の顔にも笑みが浮かんだ。

「頼りなくなんかないよ。いつも頼りにしてる」

私の言葉に湊斗は「やめろよー」とどこか照れくさそうに部屋から出ていく。

ひとりになって、ぶわっと目に涙が浮かんだ。

どうしてここに来たのかはわからない。

だけどきっと、もうこの先会うことはない。

そう思うと、最後に会っておけばよかったのかもしれないと後悔が胸に押し寄せた。

「っ……う、うぅ――」

次々と溢れ出す涙を布団にこぼし、気が済むまで涙を流し続けた。

秋も深まった十一月下旬の週末。

退職してから早くも一カ月が経とうとしている。

「もうさぁ、なんで辞めるって決めた時にこっそり話してくれなかったかねー？　うちらの仲なのにさ」

「うん。ほんと、ごめんね」

今日は美波がひとり、私のマンションに遊びに来てくれている。

退職を決めた時、私は誰にも相談しなかった。

いろいろなところで話して、克己さんの耳にいらない情報が入るのを避けるためだ。

同期で仲良くしていた美波にも、実家に帰るという表向きの事情を話していた。

だけど、それではあまりに悲しい関係になってしまうと思い、克己さんが渡米した後のタイミングで連絡を入れた。

克己さんとのことを知った美波は相当驚いたらしく、すぐに折り返しの電話がかかってきた。

そこで話すこと二時間。

克己さんとプライベートな時間を過ごすようになったきっかけ、なにか趣味でも見つけた方がいいと休日に連れ出してもらったこと、一夜を共にしたこと……その後、上原さんとのことを聞いて離れなくてはいけないと退職を決意したことを全部話した。

とりあえずじっくり話を聞くと、休日にこうして訪ねてきてくれたのだ。

「まぁ、芽衣もいっぱいいっぱいだっただろうし、こうやって後からでも話してくれたのは嬉しかったけどね」

美波の言葉にホッとする。

「芽衣と元宮先生の話を聞いた時は驚いたんだけど、落ち着いて想像してみるとめっちゃお似合いのふたりだよね。あの、上原さんなんかよりも全然」

そう言った美波は、「あっ、ごめん」と、慌てた様子を見せる。

「ううん、大丈夫だよ」

あれから少しずつではあるものの、気持ちは落ち着いてきている。

よき思い出として、このまま時間が解決していってくれることを願う日々だ。

「救命の方は、相変わらず？」

「うん、変わらずかな。でも、元宮先生が渡米しちゃったのは、うちとしては痛手だね。代わりのドクターが来たけど、やっぱり元宮先生は優秀なドクターだったんだなって実感するねってみんな言ってるもん」

「そっかぁ……」

「あと、もちろん芽衣がいなくなったのも」

「えっ」

「そりゃそうでしょー。優秀な看護師がひとり抜けたんだから」

そんな風に言ってもらえて嬉しい半面、急な退職で仲間たちに負担がかかってしまったことを申し訳なく思う。

「でも、私が芽衣だったら、やっぱり同じように辞めてたな、絶対」

美波が共感してくれたのは幸いだけど、やっぱり申し訳ない気持ちが大きく「でも、ほんとごめんね」と謝っていた。

「芽衣が謝ることじゃないよ。ちゃんと後任も育ててきてたんだし、日々ちゃんとやってきたんだからさ、無責任に辞めたわけじゃないじゃない？」

「うん……」

「でもさ、元宮先生、渡米する日にここに来たんでしょ？」

急に話題が克己さんのことに変わり、どきりとする。

もう三週間以上前のことだけど、今も思い出すと落ち着かない気分になる。

「会わなかったからもうわからないことだけど、なんで来たんだろうね？」

「わからない。連絡もつかなくしちゃったから、なんか言いたいことでもあったのかな……」

「一緒に来てほしい、とかだったんじゃないの。もしかして」

美波がとんでもないことを言い出し、「ええ？」と笑ってしまう。

「そんなわけないでしょ。だって、元宮先生は上原さんと向こうに行ったんだから」

「そうだけどさ。わからなくない？　実は上原さんとは別れたとかさ」

ありもしないこと。そうわかっていても、そんな風に言われると落ち着いていられない。

「まさか」

そう言うことで気持ちを落ち着ける。

「まぁ、今となってはわからないか。それに、芽衣も前に進まなくちゃって時だもんね。変なこと言ってごめん」

「ううん、全然」

「なんか体調も悪いんだって？　もともと貧血気味だっけ？」

「いや、そうでもなかったんだけど」

ここまで返事をして、これ以上余計なことを口走るのはやめようとハッとする。

今はまだ、美波に妊娠の事実を打ち明ける自信がない。

彼女も看護師だから、体調不良の話なんかをしていれば、もしかしたら妊娠しているのではないかと勘づくはずだ。急な退職とも話が結びつく。

「でも、最近はもう全然大丈夫。一時期忙しくて、ご飯も抜いたりしてたから、それでだと思うんだ。仕事辞めて時間できたら、食べてばっかですっかり治っちゃったよ」

「そっか、それならいいんだけどさ」

美波とはこれからも、この先の人生で付き合っていきたいと思っている。だから、いずれ告白するつもりだ。

今は一旦、打ち明けないことを心の中で謝り、「心配かけてごめんね」と笑顔を見せた。

7、再会は運命のように

カーテンを開けると、優しい春の日差しが窓に差し込む。リビングの掃き出し窓を開けてサンダルを履いた。

雲ひとつない快晴は、これ以上ない動物園日和。大きく深呼吸して、朝の新鮮な空気を胸いっぱいに吸い込む。

「ママー、おべんとうできた？」

振り返ると、窓の下の方にひょこっと顔を出した衣緒の顔が。寝起きのイチゴのパジャマ姿のまま、私を探しにきたのだ。

「起きた？　おはよう」

「おはよー」

「お弁当、できてるよ」

衣緒は「わーい！」と喜びの声をあげて部屋に引っ込んでいく。その後を追いかけて部屋の中に入った。

シングルで産み育てようと決意してから、早三年――。

私は無事、二千九百十グラムの元気な女の子を出産した。

出産を決意してからすぐに両親にも連絡を入れた。

それまで男性の影もなかった私から、突然の妊娠報告を受けた両親は混乱を極めていた。一度帰って来なさいと言われ、母子手帳を持って実家に帰省した。

本来なら、相手を連れて結婚の報告が先だろう。

それが、相手不在のシングルでの妊娠報告。

両親にショックを与えてしまうことを覚悟で、この妊娠の経緯を話した。

克己さんとのことを、両親は黙って聞いてくれた。

普通に結婚をし、時が来れば妊娠の報告がある、そんな道を歩んでほしかったに違いない。予想もしなかっただろう道を歩んでしまったことを、私は気付けば何度も謝っていた。

でも母は、私の話を聞いて黙って抱きしめてくれた。父は渋い顔をしていたけれど、ちゃんと話しに来てくれてよかったと言ってくれた。

しかし、相手の人と一緒になれないのなら、子どもは諦めた方がいいのではないかと、両親は揃って提案した。それは私が不安に思っていた産後やひとりでの育児を案じてのことだ。

でも、私の意思はもうすでに固まっていた。

どんなに苦労しても、ひとりで産み育てていく。実家に迷惑もかけないから、どうしても許してほしいと懇願した。

私の決意に、両親はそれ以上反対をしなかった。

そして父も母も、『実家には迷惑かけなさい』と言ってくれた。故郷に戻り、マタニティライフを送ればいいと提案してくれたのだ。

妊娠期間中、体調と相談しながらでも構わないと雇ってもらった地元の街の診療室で看護師の仕事を続けた。

それまで救命で働いてきた私にとっては穏やかすぎる毎日で、どこか物足りなさも感じたけれど、少しずつ大きくなってくるお腹を抱えて働かせてもらえることは本当にありがたかった。

そんな風にして周囲に支えてもらいながら、妊娠期間を穏やかに過ごし、出産時は両親がサポートしてくれた。

陣痛時には父が産院まで運転して送り届けてくれ、母が長い時間出産に立ち会ってくれた。

産後三カ月を過ぎて、自身の体調が安定してからすぐに社会復帰をした。妊娠中に雇ってもらった診療所が休職扱いしてくれていて、ありがたいことに復帰させてもらえたのだ。

生後間もない頃から保育園での保育をお願いするのは、やはり少し切ない想いもあった。

我が子の一度しかない貴重な成長の瞬間を、一番近くで見たいと思ったからだ。けれど、私にはそんな悠長なことを言っている余裕はなかった。それは、衣緒を産もうと決意した時からわかっていたことだったから、自分の中で気持ちを消化した。

育児に仕事に目まぐるしくあっという間に三年の月日が流れ、衣緒も来月の五月で三歳になる。

大変なことも多いけれど、それ以上に幸せを感じられる毎日は、この人生の選択が間違いでなかったことを私に身をもって実感させてくれている。

「衣緒の好きな玉子焼きと、タコさんウインナーでしょ。あと、デザートはイチゴね」

「おいしそう！　ママ、つくってくれてありがとう！」

頬っぺたが落ちそうな丸い顔に、満面の笑みを浮かべる衣緒。

この笑顔が見られるなら、どんなことでも頑張れる。彼女の笑顔には私を奮い立たせる不思議なパワーがあるのだ。

「おー、衣緒、今日は動物園行くんだって？」

「みなとおじさん！　うん！　パンダみにいくんだよー」

リビングに出てきた湊斗が、準備をしている私たちを見て衣緒に声をかける。

昨日から衣緒とふたり、もともと湊斗と一緒に住んでいた東京の住まいにお世話になっている。

衣緒も三歳目前で、そろそろ遠出もできるだろうと、今回親子で東京旅行を計画したのだ。

「おじさん、パンダみたことあるー？」

「パンダかー。あったかな……覚えてないんだよな。どうだったかな」

「みたことないのー？」

衣緒は嬉しそうに、出勤前の準備をする湊斗の後をついて回る。

生まれて間もない時から叔父である湊斗とは何度も会っていることもあり、衣緒は湊斗のことが大好き。

長期休みには帰省をして衣緒とひたすら遊んでくれ、会えない時期には衣緒におもちゃなどのプレゼントを送ってきてくれる。

そんな風にして時に父親代わりをしてくれる湊斗には、私もいつも感謝の気持ちでいっぱいだ。

赤ちゃんの頃から衣緒をかわいがってくれる湊斗だから、いつか結婚して子どもが生まれたら間違いなくいいパパになるんだろうなと勝手に想像している。

「そうか、ママと動物園いいな。気を付けて行ってこいよ」

「うん！　パンダみてくるねー」

「おう。帰ってきたらどうだったかおじさんに教えてくれよ」

「うん！」

出発前から楽しそうな衣緒とその相手をしてくれる湊斗を横目に、ふたり分のお弁当と水筒をリュックにしまった。

東京旅行での一番の目的であるのが、これから向かう動物園。衣緒はまだ生で見たことのないパンダに会うのを楽しみにしている。

今日は路線バスを使って動物園まで向かう。

「ママー、みてー、くるまがいっぱいだよ」

「ほんとだね。バスからだとよく見えるね」

衣緒はバスの外を眺めて楽しそうに目をキラキラさせている。

普段、移動でバスに乗ることがないから、こうして大きなバスからの景色を見ることも初めてだ。

「ママ、おせなかかゆい。クリームぬって」

「あ、そっか、朝バタバタしてたから塗りそびれてたね。ごめんね、塗ろう」

生まれつき肌が少し弱く、乾燥するとかき壊してしまうため、保湿クリームを常に持ち歩いている。いつも登園前に塗るようにしているけど、今朝はバタついて塗れなかったのだ。

リュックの中のポーチから保湿クリームのチューブを取り出す。

「衣緒、ちょっと前に体を倒して？　お辞儀するみたいに」

背中と腰の辺りがかさついてかゆいらしく、Tシャツをずらしてクリームを塗る。

そんな時だった。

突然、大きな衝撃と共に車体が大きく揺れる。

目の前で衣緒の体が前の座席の背面に吸いつくようにして揺れ、咄嗟にその体を両手で捕まえる。

大きな悲鳴や声が響き、いったいなにが起こったのかと周囲を見回す。そのうち乗車していた他の子どもたちの泣き声も聞こえてきて、車内はパニックに陥った。

「うぁぁーん、ママぁー、いたいよぉ」

目の前で衣緒が泣き始め、慌てて抱き上げる。

「衣緒！　大丈夫⁉」

「いたい、いたいよぉ」

大きな目からぼろぼろと涙を流す衣緒は、左手をぶらんと力なく持ち上げていた。


目的地に向かって順調に走行していたバスは、前方の乗用車が急なブレーキを踏んだことにより玉突き事故を起こした。

車内への衝撃は急ブレーキと前の車への衝突のために起きたもので、事故はバスを含む乗用車数台を含むものとなった。

すぐに救急車数台が到着し、負傷の状況で優先的に近隣の病院へと搬送されていく。

衣緒も腕の痛みを訴えたため、緊急性はそこまで高くないものの救急車で近くの総合病院へと搬送してもらった。

レントゲン検査の結果、衣緒は左手を打撲。

あの事故の瞬間、前の座席に強く手をついた衝撃で打撲してしまったようだ。骨折ではなかったことに安堵《あんど》した。

しばらくは湿布と固定で様子を見ていく。

しかし、なぜこんなタイミングで路線バスの事故に遭ってしまったのか。せっかくの動物園への予定も中止になってしまい、衣緒はケガを負いながらも残念がっていた。

日を改めて連れていってあげたいと思いながら、廊下で会計呼び出しを待つ。

「芽衣……？」

どこからともなく名前を呼ばれ、顔を上げる。

えっ……？

私の顔を見た相手の表情が、〝やっぱり〟と確信を持ったように変化したのを目撃する。

忘れもしない、端整な顔立ちと長身のスクラブ姿。

周囲の時が止まり、見つめ合った私たちだけが動いているような感覚に陥った。

克己、さん……？

瞬きを忘れてジッと見つめてしまう。

彼は医師。病院という場所なら、たとえ都内でなくてもどこでだって会う可能性はある。

だけど、そうだとしても、今こんなところで会ってしまったことに驚きは隠せない。

近付いてくる克己さんに頭を下げる。そうしながらも、この状況をどうしたらいいのか必死で考えた。

「こんなところで会うなんて……」

「ご無沙汰しております」

「三年半ぶりだな」

もうそんなに経つのかと思いながらも、衣緒が来月三歳の誕生日を迎えるのだからそのくらい月日が流れているのは間違いないと実感する。

「ねぇ、ママ?」

私のとなりにぴったりとくっついて座る衣緒が、私の腕に固定をしてない右手を巻きつけた。その目は、近付いてきた克己さんを見上げている。

「ママ……?」

克己さんの口から疑問形で呟かれる〝ママ〟の呼び名。

この状況をどう説明すればいいのか、混乱に陥った使いものにならない頭で必死に考える。

「結婚、しまして……あの退職後、すぐに」

実家に帰ると仕事を急遽退職し、その後すぐに地元で結婚したことにすれば今このくらいの子がいてもおかしくはない。

本当は、この子の父親はあなた。

でも、そんなことは口が裂けても言えないし、バレてはいけない。

克己さんだって、今は上原さんと一緒になって幸せな生活を送っているはずだ。もしかしたらもう子どもも生まれているかもしれない。

そんな相手に、隠し子がいたなんてことが発覚したら、私のせいで家庭崩壊させてしまう。

克己さん自身だって、自分の知らない間に自分との子を産まれていたなんて知ったら、恐ろしいし、気持ち悪くて知りたくなかったと思うだろう。

衣緒は、私だけの子。私がひとりで守っていく。

そんな時、会計窓口から「佐久間さーん」と名前が呼ばれる。受付番号で呼ばれるはずが、どうやらこの急な事態で私が呼ばれているのに気付かず窓口に行かなかったからだろう。

慌てて立ち上がった私に、克己さんが「少し時間をもらえるか」と聞く。

「わかり、ました」

いったいなんだろうと思いながら衣緒の手を取り、会計窓口に向かった。

診療明細をもらい元の場所に戻ると、克己さんは黙って私たちを先導していく。

病院の中庭に出ると、衣緒の存在を気遣ってか、パラソルの広げられたテーブル席の椅子をふたつ引いてくれた。

「ありがとうございます」

衣緒を座らせ、そのとなりに私も腰を落ち着ける。

向かいの席に克己さんも腰を下ろした。

「引き留めて悪い」

「いえ」

どっどっと鼓動が大きく鳴り響く。この感じはもう何年も忘れていた感覚だ。

「この三年近くの間、ずっと忘れられなかった」

その言葉に引き寄せられるようにして、どこを見ていいのかわからず彷徨わせていた視線を克己さんの顔に向ける。

今、なんて……？

「結婚したというのは、本当か？」

「え……」

「結婚しても、姓は変えなかった……そんなことはないよな？」

そう言われて、ハッとする。今さっき、受付から『佐久間さん』と呼ばれたからだ。番号で呼ばれているうちに受付していれば、あそこで苗字を呼ばれることはなかったのに……。

どうごまかそうか頭をフル回転させる。でも、変に視線は泳ぐし、落ち着きなく手荷物の持ち手を手で弄んでしまう。

「芽衣が、今どういう状況かはまったく知らない。でも、俺の気持ちはあの頃から変わってない」

「え……なに言って……？」

だって、克己さんは、あの上原さんと一緒になるって……？

「君を、今も特別に想っている。君が好きだ」

頬に、またぽろぽろと涙が流れていく。

「ごめんな、さい……」

「なぜ謝るんだ？　君の気持ちのままに生きればいい。俺の気持ちに応えられないというのなら、君の幸せを願って潔く身を引く」

困惑から溢れる涙が止まらない。私はずっと、克己さんのことを想ってきた。でも、その秘めた想いをこの場で口に出すことなんて到底許されない。

だって、彼には上原さんという存在がいる。それなのに、どうして私のことを想っているなんて言うのだろう。

「そんな風に言ってもらっても、私には今、この子がいます。この子は、あなたの子ではないですから……」

嘘をつくことは心苦しい。だけど、私にはこう言うことしかできない。

涙で視界がはっきりしない中でも、彼の顔に微笑が浮かんだのがわかった。

「やっと、数年越しにちゃんと話すことができた。随分、遠回りをしてしまった」

私の複雑な想いも知らずに、克己さんは穏やかな眼差しで私をジッと見つめてくる。

「俺は、君のすべてを受け入れるつもりでいる」

そう言った克己さんの優しい視線が、となりにいる衣緒へと向く。

これまでの話の流れで、克己さんは私がシングルマザーにでもなったと思ってくれたのだろう。でも、衣緒が誰か別の男性との子だと言われても受け入れるなんて、どうして言っているの……？

上原さんがいるのに、なぜ……？

『もし、勘違いしていたら困るから、単刀直入に言うわね。彼にとって、あなたは遊びだから』

彼女のことを思い出し、昔言われた言葉が鮮明に頭の中に蘇る。

「この子は……シングルで、育てていて……」

克己さんのアーモンド型の綺麗な目がわずかに大きくなる。

それから、私を見ていた目が衣緒へと再び向けられた。

「そうか……」

克己さんは椅子を立ち上がり、突然、私と衣緒の前まで来て膝をつく。衣緒に向けて「こんにちは」と微笑んでみせた。そして、おもむろに私の手を取る。両手で包み込み優しく握りしめた。

「無理に深くは追求しない。俺の子じゃなくても愛すよ。君が産んだことに変わりはない」

迷いのない言葉に困惑が広がる。なんて返事をしたらいいのかわからないでいる私に、克己さんは柔和《にゅうわ》な笑みを浮かべてみせた。

「今日まで、ひとりで育てていこうと、そう決意して産み育ててきたはずだ」

自分の子ではないと思っているのに、どうしてこんな思いやりのある言葉をかけてくれるのだろう。彼には上原さんというパートナーがいるのに、私のことなんて気にかけるのは許されない。

また懲りずに涙が溢れ出して濡れる目元を、克己さんの親指が拭ってくれた。

言葉が出せなくて、泣きながら横に首をぷるぷると振る。

そんな私を見て、克己さんは切なげな微笑を浮かべた。

「ここではなんだから、一度、改めて時間を作ってじっくり話したい」

しっかりと握られた手に戸惑うことしかできず、私は困惑の渦の中に落ちていくようだった。

四月も最終週の土曜日。

この週末は衣緒を実家の両親にお願いして、私は単身名古屋から東京へと向かっていた。

克己さんと再会を果たしてから一週間。今日は改めてふたりで会う約束をしている。

改めて時間を作ってじっくり話したいと言われたけれど、私はただ落ち着かない気持ちで新幹線に揺られている。

今日の約束に訪れることも、どうなのだろうと自問自答を繰り返した。

だって、克己さんには相手がいる。上原さんの存在を考えれば、私なんかと会うことは許されないのではないかと思ったからだ。

それに、じっくり話すなんて、私としてはボロを出してしまわないか不安しかない。余計なことを口にして、衣緒が克己さんとの間に生まれた子だと知られてしまうことは、絶対に避けなければならないからだ。

十一時過ぎに東京駅に到着する予定を伝えていたら、八重洲《やえす》口に迎えに来ていると連絡が入っていた。

指定された場所まで向かうと、克己さんのあの大きなオフロード車がハザードランプを点滅させて停車していた。

彼はやってきた私の姿に気が付くと、運転席を降り助手席側へとやってくる。

「おはようございます。すみません、ここまで来ていただいて」

「おはよう。こちらこそ、東京まで出てきてもらったんだ、迎えは当たり前だろう」

彼はスマートに、「どうぞ」と助手席のドアを開けてくれた。

「ありがとうございます」

久しぶりに乗り込む克己さんの車。この席に自分が座ってもいいのだろうかと、上原さんの顔が脳裏に浮かぶ。

そんな私の横に乗り込んできた克己さんは、「出すぞ」と言って車を発進させた。

「今日は、衣緒ちゃんは保育園へ？　それとも、実家のご両親に？」

「はい、両親にお願いしてきました」

「そうか。ご両親に申し訳なかったな」

今回、じっくり話したいという申し出から、衣緒は実家の両親に見てもらうことに決めた。

衣緒が一緒だと、会話がスムーズにいかない場面も出てくるだろうし、ちゃんと話すのであれば私ひとりの方が都合がいいと思ったからだ。それに、極力衣緒を克己さんに会わせないほうがいいとも思った。ふたりは実の親子だ。克己さんも衣緒といればなにかを感じ取ってしまうかもしれない。

「その後、衣緒ちゃんの腕はどうだ」

「あ、はい。もう落ち着いたので、湿布も貼ることなく」

「そうか、よかった」

衣緒のケガの具合を聞かれてから、車内には少しの間沈黙が流れた。

窓の外に目を向けて、克己さんと会ってからずっと落ち着かない気持ちに小さく息をつく。

いったいなにを話すというのだろう。

とにかく私は余計なことを口走らないように、細心の注意を払わなくてはならない。

来たるべき瞬間に向けてあれこれひとり心の中で確認していると、克己さんが「行き先は」と口を開いた。

「前に一緒に食事をしたホテル。ゆっくり話せるように部屋を取っておいた。食事もそこでできる」

ホテルの部屋でふたりきりで話をするの……？

それは、上原さんという存在があるのに許されることなのだろうかと疑問に思う。

そう気付くと、今のこの状態もかなり問題ではないかと急に焦りが増し、顔を俯ける。彼の車に乗っているのも問題があるだろう。

誰か知り合いにでも見られたらまずいに違いない。

「え、でもホテルなんて誰かに見られたら……」

「ん？　知り合いに会ったとしても、なにも問題はないだろう」

きっぱりとそんな答えが返ってきて、ますます困惑が広がる。

「久しぶりなんだから、誰の邪魔も入らないところでゆっくり話がしたいんだ」

「わかり、ました。すみません、場所までご配慮いただいて」

本当にいいのだろうかと思いながらしぶしぶ了承の返事をした私を、克己さんはふっと笑う。

「堅苦しい言い方だな。離れていたから、仕方ないかもしれないが」

「そうですね。なんか、まだ実感がなくて……すみません」

克己さんの運転する車は、以前食事に連れていってもらった会員制のホテルへと入っていく。

一度訪れたことがあるとはいえ、今回もそのラグジュアリーな佇まいに圧倒される。

車寄せに停車した車は、バレーパーキングサービスに託される。

ドアを開け慎重に足を下ろそうとしている私へ、助手席側に回ってきた克己さんが手を差し伸べる。どきりとしたものの、そっとその手に自分の手を預けた。

「ありがとうございます」

手が触れるだけでこんなにもドキドキする。

ふたりの間にできた子も誕生しているのに、当時の私たちはお付き合いをするまでの関係にも届かなかった。だから、こんな風に手が触れ合うだけでも初々しいカップルのように緊張してしまう。

克己さんに先導されながら、エントランスを入っていく。

吹き抜けになっているロビーラウンジに入ると、すぐに受付を済ませた克己さんが「お待たせ。行こうか」とエレベーターホールへと案内してくれた。

いよいよ近付く話し合いの場に、緊張は着実に募っている。

部屋に到着し、克己さんがドアを開けて私を先に通した。

「失礼します」

部屋の奥、リビングルームは、一面ガラス張りの圧巻の大パノラマ。

見惚れていると、背中に優しく大きな手が触れた。

「食事でもしながら、ゆっくり話そう」

「あ、はい。よろしくお願いします」

部屋にはすぐ、ルームサービスで食事の準備が進められた。

ルームサービスといっても、並んだ料理はレストラン仕様の品々。

オードブル盛り合わせや肉料理、魚料理、デザートもケーキとフルーツの盛り合わせまで揃っている。

「じゃあ、再会を祝って……」

ノンアルコールの食前酒で乾杯をする。

口をつけたワインのような果実の食前酒はとても美味しいけれど、緊張からうまく喉に流し込めない。

口内を潤す程度にいただき、すぐにグラスをテーブルに置いた。

「あの……この状況、やっぱり、あまりよろしくないかと思うんです」

やはりどう考えても、上原さんという存在がありながら、こんな密会のような形、いいはずがない。

居ても立ってもいられずそう切り出した私に、克己さんは小首を傾げて「どういうことだ？」と質問する。

「だって、克己さんには、上原さんという存在がありますし……私には、後ろめたい存在はないですけど、やっぱり――」

「ちょっと待ってくれ」

私の声を遮り、克己さんが声をあげる。

「なにか、勘違いをしていないか……？」

「勘違い？　克己さん、あのアメリカには、上原さんと一緒に行かれたんですよね？　籍を入れて向こうで新婚生活を送っていたんじゃ……？」

「ちょっと待ってくれ。まず、上原さんとはどこの上原さんだ？」

「え……あの、ドクターの上原さんです。お見合いもされていたって」

「ああ、彼女か。確かに、以前に見合いをしたことはある。でも、それもお断りした話だ」

克己さんははっきりとした口調でそう説明する。

「そう、ですか……。でも、お付き合いされていたって聞いて」

私の話を聞き、克己さんはどこか驚いたような表情を見せる。

「聞いたって……誰がそんな話を」

「医局ではみんな知っていたようです。私は、後から聞かされたんですけど……」

私だって、詳しいことはわからない。ただ、周囲から話を聞いて知ったことだ。

そんな話を先に聞いていれば、克己さんとお近付きになることもきっとなかった。

将来を約束するような方がいると知っていれば……。

「それで、上原さんがアメリカの方に行かれると、私たちに挨拶をしてきたタイミングで、克己さんのアメリカ行きが発表されたから、これは一緒に行くんだって、結婚秒読みなんだねってみんなで話していて……」

私の話を聞いて、克己さんは数秒間ジッと考えるように視線を落とし、それから私へと顔を向けた。

「彼女とはまったくそんな関係ではない。付き合ってもいないし、結婚だなんて有り得ない」

「えっ……じゃあ、克己さんとは……？」

「誰かが言い始めた噂が、なぜ本当の話のように広まったのかは知らないが、全部根拠のない話だ」

「そんなはず……だって私、彼女に直接言われたんです。克己さんともうじき結婚するって。アメリカに一緒に渡るって。だから、私……」

当時の記憶が次々と蘇り、苦しさと切なさ、処理しきれなかった辛い思いに今さら涙が浮かぶ。

潤んだ視界の中で見えた克己さんの表情は固まっていて、なにか信じられない話でもされたように瞬きを忘れている。

「彼女が、君にそんな嘘を……？」

「嘘……？」

「もしかして、だからあの時、俺から急に離れていこうと……？」

「だって、私にはそうするしか――」

私の言葉をすべて聞くより先に、席を立った克己さんが私の目の前までやってくる。

腕を取って立ち上がらせ、正面からきつく抱きしめられた。

「見合い話を断ったのだから、彼女とはなんでもない。俺は、ずっと芽衣のことだけを想ってきたから」

克己さんの言葉に、ぶわっと涙が溢れ出す。

驚愕《きょうがく》と動揺、そして一番は途轍《とてつ》もない安堵に包まれて、涙が止まらなくなる。

それじゃあ、克己さんは結婚なんてしてなかったの……？

それなのに、私は上原さんの嘘を信じて、それなら離れなきゃって必死になって……。

「もしその話が本当だとすれば、渡米する日に君の家を訪ねたりしない」

「あっ」

あの日の出来事が鮮明に頭の中に蘇る。

インターホンモニター越しに見えた克己さんの姿に心臓が止まりかけたこと。湊斗に実家に帰ったと伝えてほしいとお願いしたこと。自室のベッドに慌てて潜り込んだこと……。

「すみません、私、あの時……もう、克己さんに会ってはいけないと思って、居留守を……ごめんなさい」

「弟さんに、実家に戻ったと言われて、もう諦めなくてはならないと自分に言い聞かせた。アメリカに渡ることが決まった後、一度時間をくれと言って車内で話したことを覚えているか？」

「はい、覚えています」

「あの時、本当は一緒に来てくれないかと、そう話そうと思っていた」

え……嘘……。

「でも……約束を取りつけたくても予定も合わずで、もしかしたら避けられているのかもしれないと、少し感じていた」

克己さんがあの時のことを振り返りながら話しているのを聞きながら、胸が苦しく、息が詰まりそうになってくる。あっという間に目は涙でいっぱいになってしまった。

「ごめんなさい。離れなきゃ、忘れなきゃってそればかりで、克己さんがそう感じてしまうような態度を取っていたのは、間違いありません」

とうとうぽろぽろと涙が溢れる。

「君がひとり不安な思いを抱えていたことも知らず、聞こうともしなかった俺が悪い」

「そんなことないです！　私が、人から聞いた話を鵜呑《うの》みにして、克己さんに確かめようともしなかったから」

「いや、それは違う。俺がきちんと気持ちを伝えていたら、君が事実を確かめることは容易だったはずだ。それを、俺がちゃんと伝えなかったせいで時間ばかりが経過してしまったから」

お互いに自分のせいだと言い合っている状況に、ふと、ふたりして気が抜けたように見つめ合って笑みを浮かべる。

頬を濡らしてしまい、手でそっと涙を拭った。

食事どころではなくなってしまった私たちは、しばらくそのまま言葉なく抱きしめ合っていた。

やっと気持ちが落ち着いたのは、それから一時間近くが経った頃だった。今は椅子に座り直して話し合いを始めている。

上原さんがついた嘘によって、私が克己さんから離れなくてはならないと決意したこと。

それを知った克己さんは、あの時なぜそれを見抜き、解決できなかったのかと悔やみ嘆いた。

克己さんは退職後、渡米の日にうちまで来てくれた時も、アメリカに一緒に来てほしいと伝えたかったのだと教えてくれた。

引き離されてしまった私たちは、互いにこの三年半の間、別々の場所で想い合っていたのだ。

「後悔しても、過ぎ去った時間は巻き戻らない。だから、これからを大事にしたいと、今はそれだけを思っている」

私も同じ想いで「はい」と頷く。

「ひとつ、聞いておきたいことがある」

そう言った克己さんは、ジッと私の顔を見つめた。

「衣緒ちゃんのことだ」

衣緒のことを口に出され、どくんと鼓動が打ち鳴る。

「今日、こうしてすれ違いながら月日が流れていたと知って、芽衣が、その間に他の男と一緒になったなんて考えられないんだ」

克己さんの言葉に心が揺らぐ。

これまで、衣緒のことを隠すのに必死だった。

絶対に知られてはいけないと、他の人との間に生まれた子だと、嘘までついて。

でも、もうそんな小細工をする必要はないの……？

衣緒は、克己さんとの間にできた子だって、告白しても……？

「父親は、俺なんだろ？」

ストレートな言葉と、真っ直ぐな視線に射抜かれて、もうこれ以上嘘はつけない、つきたくないと思った。

「……はい」

その短い返事ですら喉の奥が詰まるように苦しくなって、また涙腺が緩む。

今日がこんなに泣く日になるなんて思いもしなかった。

私からの返事を聞いた克己さんは、優しくて温かい微笑を浮かべる。

「聞きたいこと、話したいことは山ほどある。どこから話したらいいのかわからないが、時間はこれからたくさんある」

「そうですね。私も、話したいことはたくさんあります。でも、同じ。どこからなにを話したらいいのか」

「ああ、そうだろう。でも、焦らなくていい。離れていた間の話を聞かせてくれ」

再会を果たし、これから時間はたくさんある。焦らなくていいと言ってもらい、これまでのことをぽつりぽつりと話し始めた。

克己さんと上原さんの噂を耳にした頃、衣緒を妊娠したことがわかったところから話を始めた。

スマートフォンを傍らに、思い出の写真を見せながら、衣緒が生まれた後のエピソードも語っていく。

産後三カ月までは自宅で一緒に過ごしていたため、母乳育児でお腹がいっぱいになるとよく眠る子だったこと。

首が座る三カ月頃からは保育園に預けるようになり、残念ながら五カ月頃の寝返りの瞬間は見られなかったと話した。

はいはいやつかまり立ちなども保育園で覚え、一歳を目前にしてあっという間に歩くようになったこと。

動き回るようになると、キッチンでコーンフレークをぶちまけていたことがあり、その時の証拠写真を見せると克己さんは愛おしそうに笑ってくれた。

一歳一カ月頃、初めて『ママ』と言ってくれて泣いたこと。言葉は溢れるように出てきて、一歳半の頃にはよくおしゃべりするようになったこと。

二歳になり、保育園の帰り道には毎日公園でブランコに乗って帰るのがお決まりになったこと。

最近はお風呂に入るのを嫌がり、毎日のように怒ったりもしているけれど、夜は絶対に『ママと寝る』とぴったりくっついてくるのが最高にかわいい。

朝は自分の髪を結ぶゴムを自ら選んできたり、女の子だなと思う行動も増えてきたと話した。

「今日は、衣緒ちゃんのことをたくさん話してくれてありがとう」

食事を終えてからも衣緒の話は延々と続き、随分話し込んでしまった。ふたり並んで座るソファで、克己さんは私の手を取る。

「私こそ、話せてよかったです。毎日目まぐるしくて、あの時はこうだった、こんなことがあった、とか……こういう機会がないとじっくり振り返れなかったから。克己さんに話せたおかげで、衣緒とのことを懐かしむことができました」

握った手を引き、克己さんは私を横から腕の中に閉じ込める。

急なことで驚き、両手を折り曲げて彼の胸元に置いた状態で抱きしめられた。

「今日、これまでの話を聞いて、改めて思った。すべての瞬間を、ふたりと一緒に過ごせなかったのが悔やまれると」

克己さんの言葉に胸を打たれる。

私もまったく同じ思いでこの三年近くを過ごしてきたからだ。

「私も、同じです。克己さんのこと、忘れなきゃって、忘れたつもりでいるのに、いつも、衣緒と過ごしながら、克己さんが今一緒だったら、ふたりで喜んだかな、とか……三人でいたら、どうだったかな、とか……やっぱり忘れられなくて――」

ギュッと、抱きしめる腕の力が強まる。

私の側頭部に唇を寄せた克己さんは、「芽衣」と小さく私を呼んだ。

「離れていた時間が惜しい……時間が巻き戻せたらって、子どもみたいな考えに至るくらい」

「克己さん……」

「でも、これからはそばで一緒に衣緒ちゃんの成長を見守っていきたい。芽衣と一緒に喜び、時には一緒に悩んで」

「はい。私も、そう思ってます」

腕の力がわずかに緩み、顔を上げると近距離で克己さんと目が合う。

胸の高鳴りを感じながら、綺麗な顔が近付く気配にそっと目を閉じた。

ソフトタッチで唇が触れ合う。

久しぶりの感覚に、触れるだけの口づけでもくらりとめまいのようなものを感じた。

数秒だけ重なり合った唇はすぐに離れていく。再び目が合うと、克己さんは突然、噛みつくようにして唇を塞いだ。

「っ、ふ……」

後頭部に大きな手の平が添えられ、体がソファに倒れていく。

甘く濃厚な口づけは鼓膜まで刺激し、くらくらとめまいを起こしかけた。

克己さんは唇を解放し、触れるか触れないかの近さで「ごめん」と呟く。

「これからまた、芽衣のそばにいられることが幸せで。気持ちが高ぶった」

そんな想いを伝えてくれることが嬉しくて、私からも両手を伸ばす。

「私もです」

そう伝えて、ギュッときつく抱きしめた。


「次は、どこか衣緒ちゃんが好きそうな場所に連れていってやりたいと思っているが、どこがいいかな?」

ホテルからの帰り道。克己さんが次会う約束について口にする。衣緒が行きたいところに一緒に行ってくれるようだ。

「衣緒が好きそうな場所、ですか……。あまり、今までどこか遊びに連れていったこともなくて。地元の動物園くらいなんです」

日々の生活に追われて、これまであまり行楽と言える場所に連れていけなかった。

でも、以前に動物園に連れていった時はすごく楽しそうにしてくれていた。

「そうか。じゃあ、なにかリクエストがあれば教えてほしい。芽衣の次の休みとすり合わせて、そこで出かけよう」

次の約束について話しながら帰る帰り道は、なんだかすごく温かみを感じる。

これから、こんな風に続いていけばいいな……。そんなことを思いながら「そうですね」と答えた声は弾んでいた。

8、夢に見た家族像

五月の大型連休を明けてすぐの平日、水曜日。

克己さんの勤務と私の休みがちょうど合う日が連休明けとなり、前回ふたりで会ってから少しの間が空いてしまった。

今回もまた、名古屋から衣緒とふたり東京に向かうことに。前回、私が単身東京に訪れた時と同様、克己さんが新幹線の指定席のチケットを事前に手配してくれた。

今日の衣緒は、赤いギンガムチェックのリボンがついたゴムをふたつ持ってきて、三つ編みにしてほしいとリクエストしてきた。

指に取ってもすぐに逃げてしまうサラサラな毛をふたつに分け、丁寧に三つ編みをしていく。

今日は、克己さんの提案で神奈川にある水族館と遊園地が一緒になったテーマパークに出かけることになっている。

水族館も遊園地も、どちらも衣緒は初めてだからきっと喜ぶに違いない。

「ねぇ、衣緒？」

「ん？」

髪を結い終わり、「衣緒」と改まった声で呼びかける。顔を合わせ、小さな肩に手を置いた。

「この前、病院で会った人……覚えてる？」

克己さんのことを話題に出すと、衣緒の表情はなにかを考えるように私の顔をジッと見つめてくる。克己さんのことを思い出しているのだろう。

「ずっと会えなかった……衣緒の、パパなの」

いきなりこんな話をされたところで、衣緒は困惑するだけかもしれない。

でも、今日はせっかくの家族水入らずのお出かけ。その前に、衣緒にパパだと伝えたい。

そんな思いで衣緒に話すと、衣緒はきょとんとしたまま私を見つめる。

「パパ……？」

「うん。衣緒の、パパ」

「いおの、パパなの……？」

ずっとパパが欲しいと願っていた衣緒。

どうして自分にはパパがいないのか。ここのところはよくそんな話題を出してきていた。

でも、こんな降って湧いたようにパパだと言われても、急には受け入れられないかもしれない。少しずつ、時間をかけて段階を踏んで、衣緒と克己さんが親子になっていくのを見守りたい。

「きょうは、ママと、パパと、さんにんでおでかけできるの？」

「うん、そうだよ。パパがね、衣緒がまだ行ったことない、楽しいところに連れていってくれるからね」

私の話を聞き、衣緒は「やったー！」とその場に立ち上がりぴょんぴょん跳ねて喜びを表現する。

今日は衣緒にとっていい一日になればいいなと思いながら、自分の支度に取りかかった。

東京駅までは前回と同様に車で迎えにきてくれた。

今日はブラックのパンツにグレーカラーのサマーニットというカジュアルコーデの克己さんが、後部座席のドアを開けてくれる。

「おはよう」

「おはようございます。お迎えありがとうございます」

足元の衣緒を見下ろすと、衣緒は克己さんをジッと見つめている。

「衣緒、パパに朝のご挨拶は？」

さっき衣緒に話をしてからすぐ、克己さんには【衣緒に打ち明けました】と、克己さんが衣緒のパパだという話をしたと知らせておいた。

克己さんからは、私と衣緒のペースで父親だということは打ち明ければいいと言われていた。

「衣緒ちゃん」

緊張しているのか、もじもじしている衣緒に、克己さんが腰を落として「おはよう」と先に言ってくれる。

初めて、克己さんが衣緒と対面して名前を口にする。

記念すべき瞬間に胸がいっぱいになった。

こうして再会し、こんな風に関係を再スタートさせなければ、父親である克己さんが衣緒のことを呼んでくれることもなかったのだ。

父親のいない子として生まれ、父親に会わせてあげることもできないと、ずっと申し訳ない気持ちでここまでやってきた。

衣緒はパパが欲しいとも話してくれていたから、早く克己さんとも打ち解けて仲良くなってほしい。

克己さんは目線を合わせるようにし、衣緒に手を差し伸べる。

しかし、衣緒は克己さんの顔をジッと凝視したまま固まっている。

「おはよう」

か細い声でもなんとか挨拶ができた衣緒の頭を優しく撫《な》でた。

前回会ったのは病院でのほんのわずかな時間だったし、こうしてちゃんと会うのは今日が初めてのようなものだ。衣緒にとったら知らない大人の男性なわけで、緊張するのは当然のこと。慣れるまでは時間がかかるだろうから、私がふたりを繋ぐ役割に徹しなければならない。そんなことを思いながら目的地に向かっていく。

衣緒は車内では外を眺めたり、克己さんが用意してくれたアニメのＤＶＤを眺めたりして落ち着いて過ごしていた。

少しずつ調子も出てきて、普段通り「ママー、みてー」とよく声も出し始める。

車に揺られること約一時間。大きな渋滞などもなく、目的地の駐車場に到着する。

駐車場からすでに大きなアトラクションなどが見え、衣緒は「あれなにー？」と興奮の声をあげた。

「あれは、ジェットコースターだね。衣緒はまだ小さいから乗れないかな」

「ジェットコースター？」

降車してすぐ、衣緒は私に抱っこをせがむ。いつものことと気にせず抱き上げた。

「今日はもしかして、一日抱っこになりそうな感じか」

駐車場から歩きだすと、衣緒を抱く私のとなりを歩く克己さんが聞く。

「う～ん……結構、すぐ抱っこって言うかもしれません」

「知らない場所だし、安心するんだろうな。水族館の中なんかは少し暗いし、人も多かったら歩くのは怖いだろう」

確かにその通りだ。となると、私はほぼ一日衣緒を抱いていなくてはならないということ……？　それはなかなかハードだ。

「衣緒ちゃん、パパが抱っこしようか」

私に抱かれる衣緒に、克己さんがにこりと微笑んで両手を出してみせる。男性に抱かれたことがないと事前に話しているから、試しに聞いてみているのだろう。

衣緒は私の首に両手を巻きつけ、黙ったまま横に首を振る。

その姿を見て、「だよな」と克己さんは苦笑いを見せた。

「衣緒、パパに抱っこしてもらってみたら？　ママ、ずっと抱っこは疲れちゃうよ」

「やーだ」

私からアプローチしてみたものの、やっぱりはっきりと拒否を見せる。

「芽衣、無理強いはやめておこう」

克己さんの方からそんな風に言われ、逆に気を遣わせてしまったと密かに反省した。

衣緒が水族館に行ってみたいと希望したことから、まずは水族館の方を回ることに決める。

「ママー、おおきいのみれるの？」

衣緒が指さした入口を飾る大きな写真には、イルカやシャチの姿が。テレビで見たことはあるけど、衣緒はまだ実際には見たことがない。

「衣緒ちゃん、なにか見たいのがあったか？」

「うん！　おおきいのがみたいの」

写真を指さし、克己さんにイルカが見たいことをアピールする。

初めての水族館を前に気持ちが高ぶっているのか、克己さんへの緊張も忘れて話しているようだ。

「よし、じゃあ見にいってみるか」

その流れで、私と繋いでいない方の衣緒の手に克己さんが手を差し伸べると、衣緒は「うん！」という返事と共にナチュラルに克己さんの大きな手に自分の手を預ける。

克己さんと私で衣緒を挟むような形で水族館の中へと進んでいった。

予想していた通り、館内は水槽演出のため暗い順路が続き、衣緒はすぐに抱っこ私の腕の中に戻ってきた。

それでも、さっきは私の中でひとつ夢が叶った瞬間だった。

衣緒を挟んで三人で手を繋いで歩く。ほんの少しの時間だったけれど、夢に描いていた光景が実現された。

「おみずが、ざっぱーん！　イルカ、すごかったね！」

展示の魚たちをひと通り回り、最後にイルカショーのステージを観覧した。

大迫力のステージに衣緒は釘づけで、こんな真剣な顔はあまり見たことがないと、私は衣緒の姿に驚かされる。

ショーが終わっても衣緒の興奮は醒めない。

そんな調子で、水族館内のお土産ショップを通りかかった。

「あ、イルカー！」

私の腕から下り、目に入ったイルカのぬいぐるみに一直線。

その後を克己さんと追いかける。

「おおきいイルカー」

衣緒の指さすのは、多分このショップで一番大きいサイズのイルカのぬいぐるみ。立たせたら、衣緒の身長より大きいかもしれない。

大人が抱き枕として持ったらちょうどいいサイズ感だ。

「衣緒、ちょっと大きいね。衣緒より大きいから、抱っこできないかな」

「おおきいイルカー」

どうしても気に入ったようで、棚の下で見上げて動かなくなる。

「衣緒ちゃん、こっちはどうかな？」

克己さんが、もう二回りほど小さなイルカのぬいぐるみを衣緒に手渡してくれる。

衣緒はそれを受け取ると、両手でギュッと抱きしめた。

「かわいい！　いおもだっこできるね」

「ああ。衣緒ちゃんが抱っこするにはちょうどいい大きさだろ」

「うん！」

衣緒が気に入った様子を見せ、克己さんが「これにするか？」と聞く。

衣緒は初めに気になった大きなイルカをもう一度見上げたものの、「これがいい！」と克己さんを見上げた。

「よし、じゃあこれにしよう」

「やったぁー！」

その場でぴょんぴょん飛び跳ねる衣緒を私に任せ、克己さんがぬいぐるみを買い求めに行ってくれた。

「すみません、ねだるようなことになってしまい……ありがとうございます」

早速買ってもらったぬいぐるみを両手で抱きしめている衣緒の姿を見ながら、克己さんにお礼を伝える。

「ねだってなんかないだろ。ひと言も欲しいと言わなかった」

「でも、結果的に買っていただいて……」

「初めて一緒に遊びに出かけた思い出だから。俺が衣緒ちゃんにプレゼントしたかっただけだ」

そんな風に言ってもらって、心がぽかぽか温かくなる。

「パパー、イルカありがとう！」

大事そうにイルカを抱きしめた衣緒が、克己さんを見上げてお礼を口にする。

「初めて、パパって呼んでくれたな」

どこか感動したように克己さんは呟く。そして、衣緒の頭を撫で「どういたしまして」とお礼の返事をした。

「なんか、こんなに感激するとは思いもしなかった」

「克己さん……」

衣緒が克己さん本人を前にしてパパと呼んだ記念すべき瞬間。

それは私にとっても感動的な瞬間で、鼓動がトクントクンと高鳴っていた。

それから、遊園地の方にも足を伸ばし、衣緒の身長でも乗れるアトラクションを楽しんだ。

衣緒にとっては遊園地も初体験。

メリーゴーランドやコーヒーカップに乗り、見たことのない弾ける笑顔できゃっきゃと声をあげる。

ここに到着した頃よりも克己さんとは普通に過ごせていて、手を繋いでふたりで乗り物にも乗車することができた。

私はそんなふたりの姿を、乗り物の周囲からスマートフォンを構えて撮影する。

ふたりを撮影する自分の姿に、ふと、幸せだなとしみじみ感じてしまう。こんな幸せが存在していたことを、克己さんと再会するまでの私は知りもしなかった。

ひとしきり遊んで、時刻は十五時半を回った頃。

やたら抱っこ抱っことせがんできていた衣緒は、抱き上げて数分後には眠りについていた。

「疲れたんだな」

「そうですね。いつも、保育園でもこのくらいの時間はお昼寝の時間ですし」

園内をゆっくり歩いて、ゲートを目指す。

さっきここを園内に向かって歩いていったのに、もう帰る時間なんて。一日はあっという間だった。

「今日は、少し前進したかな」

「え……？」

「衣緒ちゃんと、手を繋ぐのは普通にできるようになった」

となりを歩く克己さんの横顔には、穏やかな笑みが浮かんでいる。

「小さくて、すべすべの、かわいらしい手だな」

「はい。大事で、大好きな手です」

ふたりして衣緒の手について話し、にこにこしてしまう。こんな瞬間もささやかな幸せを感じる。

「抱っこはできなかったけど、これから時間をかけて、家族に、夫婦になっていけばいい」

家族……夫婦……。今まで縁のなかったフレーズに胸がきゅんと震える。

この状況に、まだまだ私自身が順応できていない。
事あるごとに心臓を高鳴らせ、動揺して、気持ちが忙しない。だけど、ひしひしと幸せを感じることばかりだ。

「もう、君たちを手放したりは絶対にしない。そう誓える」

迷いのないはっきりとした言葉に、私の鼓動は早鐘を撞《つ》く。

胸が熱くなって、また涙腺が緩みかけた。

「芽衣。三人で、一緒に住まないか」

「えっ……？」

「再会して間もないのに、こんなことを言うのは気が早いかもしれない。でも、できれば三人での生活を送りたい」

家族水入らず、三人での生活。憧れていた、衣緒もそれを願っていた。
だけど、克己さんの優しさにどんどん甘えてしまってもいいものだろうか。

私は、衣緒を産もうと決意した時、自分に誓った。たとえひとりでも、立派に衣緒を育てていく。苦しくても辛くても、なにがあっても衣緒を幸せにするって。

お腹を痛めて産んだ衣緒と、ふたりで生きていくと決めたのだ。

もう何年も離れていたのに、それでも克己さんは本当に私と衣緒と、生きて行こうと思ってくれるの……？

「悪い、そんなとんとん拍子に、困るよな」

「あ、いえ、わかりました。でも母親として、衣緒の様子を一番に行動しなくてはならないと、いつもそう思ってます。たとえ私が、克己さんと一緒になりたくても、衣緒がそれを受け入れられないのであれば、私は衣緒の気持ちを尊重したい」

こんなによくしてくれている克己さんに対して言いづらかったけど、私は衣緒の母親としてしっかりしなくてはならない。

私にそう言われた克己さんは、柔和な微笑を浮かべた。

「今、君に惚れ直したよ。強い母親になったなって」

私の心情が伝わったのだろう。克己さんは「そうだな」と同意してくれる。

「じゃあ、もし衣緒ちゃんが受け入れてくれたのなら、ふたりでうちに来てほしい」

「はい。起きたら衣緒にも、話しておきます」

衣緒の母親として、この返答できっと間違いはない。

三人で歩くテーマパークからの帰り道。また次の約束があることに、心は穏やかな幸せを感じていた。

9、幸せな家族団らん

日中はもう気温が高く、半袖で過ごす日が大半になってきた五月後半。

衣緒とふたり、東京で克己さんと一緒に暮らすことが決まり、私は帰省してからお世話になってきた診療室を退職させてもらった。

克己さんから同居の話を聞いた後、衣緒にそのことを話した。

『衣緒、パパが衣緒とママと三人で一緒に住みたいって言ってるんだけど、どう思う？　……パパと、同じお家で暮らしたい？』

一瞬衣緒はきょとんとした顔になったけど、すぐに笑顔を見せた。

『パパやさしくてすき！　いお、パパといっしょのおうちにすみたい！』

衣緒のその笑顔を見て、私の心はすぐに決まった。ここから家族三人で一緒に生きていこうと。

克己さんの住まいで同居をするにあたって、克己さんは一度実家へ挨拶にも訪れてくれた。

両親には自分の不甲斐なさで私を苦しませてしまったと、そんなことないのに謝罪をし、これから私と衣緒を必ず幸せにすることを約束すると深く頭を下げてくれた。

両親に許しも貰い、晴れて東京での生活がスタートする。

「お邪魔します」

都内一等地のタワーマンション、二十八階。その角部屋の黒い玄関扉がカードキーで開かれる。

黒と白を基調とした落ち着いた玄関は、ひとり暮らしとは思えないほど広々としている。

私に抱かれている衣緒が私に倣って「おじゃましまーす」と小さな声で言った。

「どうぞ。三人で住むには広くないけど」

「いえ、そんなことないですよ！　十分です」

玄関先に衣緒を下ろし、靴を脱がせる。端にふたりの靴を揃えて並べた。

「みてもいい？」

衣緒は初めての場所に早速興味津々の様子。

克己さんが「いいよ、好きに見てきて」と言ってくれて、衣緒は大理石であろう床をペタペタと鳴らして奥へ進んでいく。

「衣緒、走らないの」

「大丈夫だよ。衣緒が危なくなければ」

「すみません」

一緒に住むのを機に、克己さんは〝衣緒ちゃん〟から〝衣緒〟と呼ぶようにしてくれた。〝ちゃん〟がなくなったことで、より一層親子感が増したように感じる。

玄関からすぐの突き当たりを右折すると、奥にリビングダイニングと思われる部屋が見える。

衣緒が「すごーい!」とガラス窓の前で声をあげた。

「わ……ほんとだ、すごい」

二十八階からの眺めは、東京の街をかなり遠くまで見渡せる。

この景色を毎日プライベートな場所から眺められるのは、選ばれたほんのひと握りの人間だけだろう。

「これからはここが自宅なんだから好きに使って好きに過ごしてほしい」

景色に見惚れている私の横に克己さんが並ぶ。

「はい、ありがとうございます。こんなすごい場所に住むのが、少し現実感ないです」

好きに過ごしていいと言われてもやっぱり緊張する。

「こっちのおへやもはいっていいー?」

リビングをひと通り見て回った衣緒は、奥の閉まっているドアの前から振り返る。

「ああ、入っていいぞ」

克己さんの許可をもらい、衣緒はそのドアを開ける。

「ねるところだー！」

衣緒はそう言って中に入っていく。直後に「あっ！」となにかに反応した。

「ママー！　きてー！　はやく！」

寝室と思われる部屋の奥から衣緒が興奮した声で私を呼ぶ。

その後を追いかけると、衣緒は大きなベッドの横に立ち「みて！」とベッドの上を指さした。

「あっ……それって」

「イルカだよ、ママ！」

ベッドの上にどんと置かれたのは、先日水族館に行った時、衣緒が最初に欲しいと言った特大サイズのイルカのぬいぐるみ。

あの時は、今も衣緒が抱いている小さなサイズのイルカを克己さんが買ってくれたのだ。

「克己さん、あれ」

後から寝室に入ってきた克己さんの方を振り返る。

克己さんは微笑を浮かべてベッドに近付き、大きなイルカを手に取る。横で見上げている衣緒に差し出した。

「おおきくてもてない〜！」

両手を広げて受け止めようとした衣緒は、なにがおかしいのかけらけらと楽しそうに笑う。

衣緒も克己さんと過ごすことを自然と受け入れ始めているようでホッとする。

「やっぱり、衣緒には大きかったな」

克己さんも優しい眼差しで見つめていて、私はそのふたりの様子にほっこりしてしまった。

「小さい方にするって自分で決めた時、一瞬だけこのイルカを名残惜しそうに見てたのに気付いて。だから、こっそりこっちも買っておいたんだ。ここに配送で」

「そうだったんですか……」

驚いた。衣緒のそんな細かな様子まで見てくれていたなんて……。

「なんか、すみません。ありがとうございます。衣緒、すごく嬉しそう」

「喜んでくれたならよかった」

抱っこしきれないイルカを両手いっぱいに抱きしめている衣緒の姿を、ふたり揃って微笑ましく眺める。

衣緒がとびきりの笑顔を見せていて、克己さんの自宅で住まわせてもらうこともひとまず大丈夫そうだと安堵していた。

「来てもらった初日に申し訳ないな」

「いえ、仕事ですから気にしないでください。私も、同じ環境で働いていたのでわかってます」

克己さんは今晩、当直で病院に向かう。

アメリカから帰国してすぐ、東日本医科大学病院の救命救急センターに戻った克己さんは、ドクターヘリのチームで変わらずフライトドクターに従事している。曜日によって都内の別病院に出向することもあるようで、この間、衣緒の搬送された病院でばったり会ったのは、本当に偶然が重なってのことだと知った。

あの日は動物園に向かう途中で事故に遭い、衣緒がケガをして搬送された。

克己さんは別病院に出向いていて、あの時間、院内を歩いていた。

そんな様々な偶然が重なり合って再会したのだと思うと、また出会う運命だったたのかと不思議な気持ちにさせられる。

「明後日《あさって》、明明後日《しあさって》は通常の出勤で、その次の日はオフになる」

「そうですか。衣緒の誕生日の日ですね」

「ああ、オフでちょうどよかった」

同居開始の予定を組む時、日程を調整すると衣緒の三歳の誕生日がちょうど目前だった。

住み始めて五日目がちょうど衣緒の誕生日だと知らせると、克己さんは一緒に誕生日を祝えることをすごく喜んでくれた。

「はい。お誕生日会、衣緒、喜ぶと思います」

十五時過ぎた頃に昼寝をし始めた衣緒は、リビングのソファの上で気持ちよさそうに眠っている。

克己さんはそろそろ出かける時間だから、会えるのはまた明日、克己さんが仕事から帰ってきてからになりそうだ。

「芽衣。これは、今の君の生活スタイルもあるだろうから、無理強いはできない話なのだが……」

「はい……？」

「救命に、戻る気はないか？」

「えっ……」

思いがけない言葉に動揺する。

救命に、私が……？

「今は、昔とは生活が変わっているから、勤務の形態は相談の上、無理のない範囲でいいと思う。衣緒のことを一番に考えて、日勤で、もしまたフライトに戻ってくれたらと俺は思ってる」

いつかまた、救命に、もちろんフライトナースとして従事できる機会に恵まれたら、また現場に立ちたいと密かに願ってきた。

衣緒を産んでからは現実的に難しく、その一歩も踏み出せずにいたけれど、もしそのチャンスがあるなら迷わない。

「救命には、またいつか戻りたいと思っていました。フライトにも。私が働ける場所がまだ残っているなら、喜んで戻ります」

私の返事を聞いた克己さんは、「そうか」と柔らかく微笑む。

「戻る意思があるなら、師長にかけ合ってみる。芽衣が戻ってくれるとなれば、大歓迎に違いないが」

「本当ですか？　ありがとうございます」

仕事の話を終えると、克己さんはスマートフォンとタブレットを手に、「そろそろ出かける」と玄関に向かう。

その後を追いかけて玄関まで出ていき、靴を履いた姿に「いってらっしゃい」と声をかけた。

「なんか、いいな。いってらっしゃいとか、見送られるの」

克己さんはそんなことを言いながら、両手を広げて私を包み込む。急な接近にどきりとしたけれど、勇気を出して私の方からも広い背中に両手を回した。

「気を付けて、行ってきてください」

「ああ。明日帰ったら、ゆっくり三人で過ごそう」

「はい。待ってます」

最後にギュッと腕に力を込め、「行ってくる」と克己さんは私を解放する。そのまま触れるだけのキスが不意打ちに落とされ、ドキッと鼓動が弾んだ。

克己さんが出勤してから少しして、お昼寝をしていた衣緒が目覚めた。

起きてからは、普段と同じタイムスケジュールで食事の準備を進行しながら入浴をし、十九時には食卓につけるようにした。

キッチンも自由に使っていいと言われて冷蔵庫を覗くと、調味料系は基本のものは揃っていて、野菜も保存のきくものは野菜室に入っていた。

なにが作れるか材料と相談して、今晩はオムライスを作ることに決定。衣緒も大好きなメニューだ。

ふたりで一緒にお風呂に入り、衣緒は初めての自宅以外の浴室に大喜び。大人がのびのびと脚を伸ばして入れるバスタブには「ひろーい！」と大興奮だった。

克己さんが不在の中、ふたりで食卓を囲み、簡単に作ったオムライスとコンソメスープを食べる。

スプーンを手に「いただきます！」と言った衣緒は、なぜだか食事を始めず私をジッと見つめた。

「ママ？　パパは……？」

衣緒は、克己さんがこの場に一緒にいないことを疑問に思ったのだろう。

「うん、パパはね、今日は朝までお仕事なの」

「おしごとー？」

「そう。パパは、病院でケガとか病気の人を治すお仕事をしているから、朝でも昼でも夜でも、お仕事の時があるんだよ」

衣緒は「ふ〜ん」と言って、やっとオムライスに取りかかる。その様子を目に自分も「いただきます」と手を合わせた。

「すごいね、パパ。けがのひとをなおしてるの？」

「そうだよ。パパはね、凄いんだよ。ヘリコプターでね、ケガをした人のところに飛んで行って——」

「えー！　ヘリコプター？」

「うん。それでね、ケガとか病気の人を治すの。すごい仕事をしてるんだよ」

衣緒はスプーンにのせたオムライスを持ち上げたまま、目を大きくして止まっている。どうやら〝ヘリコプター〟という部分に驚いたようだ。

「パパはすごいんだねぇ」

今はまだ、どこまで理解しているかはわからない。

けれど、もう少し大きくなったら克己さんや私の仕事について衣緒にもちゃんと説明していきたいと思っている。

美味しそうにオムライスを頬張る姿を見守りながらスプーンを手に取った。

二十時半を回った頃。

衣緒と共に寝室に入る。

家主のいない寝室を使わせてもらうのはどこか申し訳ない気持ちがあるし、衣緒が慣れない環境で眠れるか心配だったけれど、克己さんが実は購入してくれていたビッグイルカがベッドの上で待っていたおかげで、衣緒がすんなりとベッドに上がっていった。

いつものように、自宅から持ってきていた絵本を差し出され、ふたりで並んで横になる。

衣緒はビッグイルカに横から抱きつくようにして、私が読む絵本を見ている。

「十二時になると、お城には鐘が鳴り響き――」

気が付くと、衣緒は目を閉じ眠りの世界に旅立っていた。

気持ちよさそうな寝顔に、ホッと気持ちが落ち着く。

よかった……。

衣緒の寝顔を見つめながら浮かんだのはそんなひと言。

もしかしたら順応できず、最悪は帰りたいと言われるかもしれないという心配もあった。

それならそれで、やはり家族水入らずで暮らすというのは難しい夢なのかもしれないと多少の覚悟もしてきたのだ。

だけど初日の今日、衣緒は一日楽しそうに過ごしていた。

夕飯の時は不在だった克己さんの存在も気にしていたし、三人できっと楽しく過ごせる気がする。

安堵しながら、広いベッドの上で微睡《まどろ》んでいく気持ちいい感じに身を任せた。


翌朝。

普段通り六時過ぎには目覚め、キッチンに立つ。

いつもと違う環境での眠りだったからか、衣緒も七時前にはリビングに出てきた。

克己さんはまだ帰宅前で、確認したスマートフォンには特になんの連絡も入っていなかった。多分、特別な事態がなければ八時を過ぎれば帰宅するだろう。

朝食は卵とベーコンを焼いて食パンにのせて出すと、衣緒は喜んで完食してくれた。

「パパかえってきた！」

「え？」

なにかの音が聞こえたのか、リビングでひとりぬいぐるみ遊びをしていた衣緒が突然立ち上がり玄関に向かって駆けていく。

キッチンで食器を洗っていた私も慌てて手の泡を流し、手を拭くのもままならないまま衣緒の後を追いかけた。

「ママー！　パパかえってきた！」

勢いよく引き返してきた衣緒と途中で鉢合わせする。続いてその奥から克己さんが入ってきた。

「お帰りなさい」

「ただいま」

なんだかこのシチュエーションが新鮮で、恥ずかしくて照れそうになる。

普通の家族なら、旦那様が帰宅すれば子どもが喜んで出迎え、『お帰りなさい』『ただいま』と言葉を交わすのは日常的なことなのだろう。

でも私にとっては初めての体験なのだ。

「やっぱりいいな。お帰りなさいって出迎えてもらえるの」

リビングに入っていく克己さんがそんなことを口にする。

「私も今、同じようなこと思ってました。こういうの、なんか素敵だなって」

ふたりが同じ思いになっていて嬉しくなる。

克己さんは私を振り返り、ぽんぽんと頭を軽く撫でてくれた。

正午過ぎ。克己さんの提案で三人で買い出しに出かけることになった。

明明後日は衣緒の誕生日会の予定もあるし、材料はまとめ買いできたら都合がいい。

マンションから歩いて五分ほどのところにスーパーマーケットがあるらしく、歩いて買い物に行くことに。

エレベーターで一階の広いエントランスホールに出ると、克己さんが衣緒に手を差し出す。衣緒はためらうことなく克己さんと手を繋いだ。

その姿をすぐ後方から目撃し、だいぶ慣れてくれたとホッとする。

振り返った衣緒が「ママー」ともう片方の手を伸ばした。衣緒を挟んで三人で歩くスーパーまでの道。こういう当たり前の家族の姿に憧れていた。

母と子、家族ふたりきりで毎日楽しい。だけど時に、パパがいる家族の姿を見ると羨ましくなることはあった。

衣緒も私と同様、どうしてうちにはパパがいないのかと聞くことがあったし、こうしてパパと三人で過ごすことは嬉しいに違いない。

衣緒に目を落とすと、私と克己さんを交互に見上げてにこにこしている。

娘のそんな表情を見られるのは、やっぱり母親としては嬉しいものだ。

「衣緒はお誕生日、なにが食べたい？」

「えっとね、ママのハンバーグがたべたい！　あとね、ケーキ！」

スーパーが見えてきて誕生日メニューについて聞いてみると、衣緒は即答で大好物のハンバーグをリクエストしてくる。

「ママのハンバーグは美味しいのか？」

克己さんがそう聞くと、衣緒は即答で「うん！」と頷く。

「ふわふわでね、おいしいんだよー。パパもたべたい？」

「それはパパも食べてみたいな」

スーパーに入店すると、衣緒はカートに乗りたいと言い出す。衣緒をカートに乗せ、三人で店内を見て回った。

数日分の食材、誕生日メニューの材料を買い求め、帰宅したのは十四時を回ったところ。

帰り道、スーパーのすぐ近くに大きめの書店があり、そこに寄って克己さんが衣緒に絵本を数冊買ってくれた。

帰宅するとすぐ、衣緒は「ほんよんでー」と私の後をついて回る。

「衣緒、ちょっと待っててね。少しだけ夜ごはんの支度をしてからでもいい？」

「いまよんでー」

子どもはいつでも待ったなし。大人の事情などお構いなしなのが普通のことだ。

「衣緒、パパが読んでやろう。おいで」

困っていたところ、克己さんから救いの手が差し伸べられる。

衣緒は「よんでー」ところっと切り替わり、克己さんと共にリビングのソファに向かっていった。

「すみません、ありがとうございます」

今までなら、ここで一旦ご飯の準備は中断して、一度絵本を読むことになる。

そうしないと、いつまでも足の周りにまとわりついて「ママー、よんでー」と言い続けるからだ。

ちょっと待ってと待たせて食事の準備を進めても、効率が悪くなるのは経験済み。

それなら先に読んであげるのが利口だということだ。

ジャガイモの皮をむきながら、絵本を読み始めたふたりを眺める。

こうしてキッチンに立ち、家族の様子を眺めるのも憧れていたし、ささやかな夢でもあった。

いい眺めだな……。そんなことを思っていた時。

「パパー、もうちょっとじょうずによんでー」

静かに絵本を読んでもらっていたはずの衣緒が突然、抗議の声をあげる。

「ごめん、パパ読むの下手か？」

「ママのほうがじょうずだよ」

衣緒にそう指摘された克己さんは、弱ったように笑みを浮かべる。

「そうか。じゃあ、もっと練習しなきゃいけないな。衣緒、パパの読む練習に付き合ってくれるか？」

「しょうがないなー、いいよ」

克己さんは笑って「ありがと」と衣緒の頭を撫でる。

その光景が微笑ましくて、ひとりくすっと笑ってしまった。

そんなふたりの様子を横目に、今晩のメニューの肉じゃがとエビフライの下ごしらえを終える。

「芽衣、ちょっと来て」

一段落したところで、リビングの克己さんが私を呼ぶ。

ふたりはまだ絵本を読んでいたようで、並んでソファにかけていた。

「どうしました？」

出ていくと、おもむろに克己さんがソファを立ち上がる。

「ママがお姫様だとしたら……」

「わぁっ」

近付いてきた克己さんがいきなり私を横抱きで持ち上げる。

何事かと驚いていると、ソファに座ったままの衣緒が「すごーい！」と目をキラキラさせてこちらを見上げてた。

「これがお姫様抱っこ」

「ママー！　おひめさまみたいだよー」

ソファには女子が好きな童話の絵本が置いてある。どうやらお姫様抱っこの話題が出て、それを再現してみたのだろう。

とはいえ、なにも知らずに突然抱き上げられた私の心拍は乱れる。

克己さんの綺麗な顔を目の前にして、昔の記憶が蘇る。

こんな風に抱き上げられたことが過去に一度だけある。

衣緒が誕生するきっかけになった、あの甘い一夜。克己さんは私を抱いてベッドまで運んだのだ。

そんなことをひとり思い出して顔を熱くしている間に、克己さんは私をそっと床に立たせてくれる。

「いおもー!」

下ろされた私に代わって衣緒が克己さんの足元に貼りつき、克己さんは「いくぞ」と衣緒の小さな体を横抱きで持ち上げた。

「いおもおひめさまー!」

克己さんにお姫様抱っこをしてもらった衣緒は、上機嫌できゃっきゃとしている。

あ……抱っこ、できてる……?

衣緒も克己さんもただただ楽しそうにしていて、私ひとりがそんなことに気付いていた。

同居三日目、四日目は、克己さんは仕事で、私は衣緒を連れて住まい周辺を散策しに出かけた。ちょっと遊びに出られる公園を見つけたり、どんなお店があるかも見て回ったりした。

東京で生活をするにあたって、今後の仕事についてどうするか考えると同時に、衣緒の保育園も検討しなくてはいけないと考えている。

誕生日当日は午前中から、約束していたお誕生日会の飾りつけを三人ですることに。用意しておいたバルーンを膨らませたり、ウォールデコレーションを飾ったり、お誕生日会の雰囲気を作り上げていく。

「いおがつけたいー!」

〝Happy Birthday〟のバルーンを克己さんが壁に貼りつけ始めると、私と一緒にペーパーフラワーを作っていた衣緒が克己さんのもとへと駆けていく。

足元に来た衣緒を見下ろした克己さんの顔が途端に優しくなって、その表情に胸に温かいものが広がった。

「いいぞ。じゃあ、これを持って、今パパがつけたあの横につけられるか?」

「うん!」

克己さんは「いくぞ」と言って、自分の肩の上に衣緒をのせる。

初めての肩車をしてもらった衣緒は、「きゃー!」と高い声をあげて克己さんの頭にしがみついた。

「衣緒、ちゃんと持ってるからつけて」

「パパ、たかいー!」

「大丈夫」

ふたりのやり取りを見ていると微笑ましくて、つい顔がにやけてくる。

白と黒を基調とした落ち着いた克己さん家のリビングは、徐々にカラフルで楽しい誕生パーティーの会場へと変わっていった。


はしゃいだ衣緒がそのまま眠ってしまうことを想定して、夕方のうちに衣緒をお風呂に入れ、それから誕生日パーティーをすることになった。

「あっ、衣緒待って、まだ髪乾かしてないでしょ!」

入浴を済ませて着替えをさせると、衣緒はタオルドライしただけの濡れた髪のまま浴室から飛び出した。

ドアの隙間から顔を出して呼び止めたものの、リビングの方へ走り去ってしまった。

これからお誕生日会が始まるし、子どもらしく落ち着かない気持ちなのだろう。

仕方なく私もまだ乾かしていない髪のまま、衣緒の後を追いかける。

リビングでは、克己さんが衣緒の髪を肩にのせていたタオルを使って拭いてくれていた。

「あっ、すみません。衣緒、髪を乾かしてから行かないと」

「あついからいやなのー」

衣緒は普段から入浴後すぐにドライヤーをかけさせてくれない。それで追いかけまわすこともあるけれど、忙しい時はタオルドライだけでしばらく放置になってしまうこともある。

夏場はいいけれど、冬場はすぐに冷えてしまうから早めに乾かしてしまいたい。

「わかった、じゃあパパが乾かしてやろう」

そう言った克己さんは、「待ってて」とリビングを出ていく。戻ってきたその手にはドライヤーが握られていた。

「衣緒、座って」

コンセントにドライヤーをさし、その場に腰を下ろした克己さんは、衣緒を自分の前へと呼ぶ。

嫌だと逃げたはずなのに、克己さんに呼ばれると衣緒はすんなりその前へと行ってぺたりと座り込んだ。

克己さんが丁寧に衣緒の髪を乾かしていく。いつもフラッとどこかに行こうとする衣緒も、今はちゃんと座ったまま克己さんに髪を乾かしてもらっている。

「さらさらの綺麗な髪だな」

「克己さんに似たんですよ。私は、少し癖っ毛なので。猫っ毛なのは、私に似たのかな……？」

衣緒のサラサラなストレートヘアは触り心地がよく、一日に何度も髪を撫でてしまう。綺麗な髪は女子にとってかわいいの絶対条件だから、そんないいところを克己さんから受け継いで本当によかったと思う。

「……よし、乾いたかな。いいぞ」

衣緒は「ありがとう！」と立ち上がる。

克己さんは衣緒が退いた床をとんとんと手で叩き、「芽衣」と私を呼んだ。

「交代」

「え……？」

「芽衣も乾かすから座って」

まさか私の髪まで乾かしてもらえるなんて思わず、驚きながら克己さんの前に腰を落とす。

克己さんは留めていたクリップをはずし、濡れた髪に指を通した。

髪を触られる感覚にぴくっと肩が跳ねる。

こんな風に男性に髪を乾かしてもらうことは生まれて初めて。ただ乾かしてもらっているだけなのに、脈が乱れて落ち着かない。

克己さんは丁寧に私の髪を手に取り、乾かしていく。

「俺の髪じゃなくて、芽衣の髪に似たんじゃないのか？」

温風に紛れてそんな声が聞こえる。

「ええ、そんなことないですよ」

「そんなことあるだろ」

「克己さんの綺麗な髪に似たんです」

なにげないやり取りもどこかくすぐったく感じる。

顔と体が熱いのは、きっと入りたてのシャワーとドライヤーのせいだと思い込んだ。

ダイニングテーブルの上には、衣緒からのリクエストのハンバーグプレートが三人分並ぶ。

今日はデミグラスソースの洋風ハンバーグに。付け合わせには彩りを考えてブロッコリーとニンジンのグラッセを添えた。

テーブルの中央には、もうひとつ衣緒のリクエストの手作りケーキ。

スポンジから焼き、ヨーグルトベースのクリームでデコレーションしたケーキには、衣緒の好きなフルーツをトッピング。

イチゴ、キウイ、オレンジでカラフルにかわいくして、ケーキ上部には〝3〟の形のロウソクと、〝おめでとう〟と一字ずつのミニガーランドを飾った。

その他にもサラダやポテトフライなど衣緒の好きなメニューがテーブルに並ぶ。

「衣緒、座って」

ここに来た初日にはすでに用意してもらっていた、ダイニングチェアに装着する衣緒用の幼児椅子。

椅子の上に立ってテーブルの上のメニューを見ている衣緒に着席を呼びかける。

克己さんが衣緒を座らせ、ベルトをつけてくれた。

「じゃ、ロウソクに点火します」

〝3〟のロウソクに火を灯すと、衣緒はパチパチと手を叩いて「いおのおたんじょうびー!」と歓喜の声をあげる。

向かいの克己さんと目が合って、示し合わせたように「ハッピーバースデートゥーユー」と、誕生日ソングを歌い始めた。

歌い出した私たちを交互に見た衣緒は、手を叩きながら一緒になって歌に参加する。

その姿が今まで見た中で一番幸せそうな眩しい笑顔で、こんなタイミングなのに涙腺が緩んだ。

「ハッピーバースデー、ディア衣緒ー、ハッピーバースデートゥーユー……おめでとう、衣緒！」

拍手とお祝いの言葉をかけられた衣緒は、はにかんでテーブルに小さな両手をつく。

「衣緒、ふーして」

克己さんに促され、大きく息を吸い込んだ衣緒は〝3〟の上に灯る火にふぅっと息を吹きかける。

ゆらゆら揺れた火に「もう一回！」と応援の声をかけられ、衣緒は無事ロウソクの火を消すことができた。

「おめでとう！」

「おめでとう衣緒」

克己さんと私からのおめでとうに、衣緒は「ありがとう」とくしゃっとした笑顔を見せてくれる。

「衣緒、パパからプレゼントがあるんだ」

克己さんはそう言って席を立ち、リビングを出ていく。

「ママ、プレゼントだって！」

「うん、なんだろうね」

克己さんからは、プレゼントがあるとは聞いていない。なにか用意してくれたのだろうか。

「三歳おめでとう、衣緒」

「なにそれー！」

戻ってきた克己さんの手には、一メートルほどのサイズの長方形の箱。なかなか大きなプレゼントだ。

「芽衣に持っているか聞かないで選んできちゃったんだけど、幼児用のキックバイク」

「キックバイク！　持ってないです」

衣緒は「みたいみたい！」と椅子を下りたがる。ベルトを外してあげると、克己さんのもとへ飛んでいった。

「乗る時は、公園にでも持っていってだな。ちゃんとヘルメットもかぶって」

キックバイクと一緒に、頭部を保護するヘルメットも一緒に用意してくれたようだ。

衣緒は「ピンク！　かわいいー！」と喜び、プレゼントの周りで飛び跳ねている。

「パパ、ありがとう！」

「どういたしまして」

「じゃあ、パパと、ママと、いおで、こうえんでのろうね」

「ああ、そうだな。今度乗りに公園に行こう」

喜ぶ衣緒を横目に、克己さんにお礼を伝える。

「プレゼントまで用意してもらって、ありがとうございました」

「こちらこそ、一緒に祝わせてもらってありがとう。俺にとっては、初めて一緒に祝えた誕生日だから」

一歳、二歳、その時に克己さんは一緒にいなかった。

それ以前に、衣緒がこの世に誕生していたことすら知らなかったのだから。

「そうですね。よかった、今日は一緒にお祝いできて」

プレゼントのそばで跳ねていた衣緒がやって来て、なにを思ったのか突然私と克己さんの手を取る。

私たちを見上げる顔には、やっぱり満面の笑みが浮かんでいた。

「よんさいも、さんにんでパーティーしようね！」

衣緒の幸せそうな顔が見られて、来年もこうして三人で誕生日を祝いたいとちょうど思っていた。

衣緒の言葉に、大きく心が揺さぶられる。

来年も再来年も、もっとずっとその先も……こうして衣緒の誕生を毎年三人で祝っていきたい。

「ママー、おなかすいたー！　ハンバーグたべたーい！　ポテトもー」

「はーい、じゃあ食べようか」

ダイニングテーブルに戻りながら、家族が一緒にいられる当たり前の幸せを噛みしめていた。


二十一時を回った頃。

ぐっすりと眠りについた衣緒を目にしながら、そっと寝室のドアを閉める。

お誕生日会ではしゃぎ、いつも通りたくさんご飯も食べると急に睡魔が襲ってきたらしく、克己さんのプレゼントしてくれたキックバイクの箱にもたれかかったまま眠りについてしまった。

慌てて歯磨きだけして寝室に運ぶと、すぐに寝息を立て始めた。

「眠ったか」

「はい。そのまま眠ってます」

克己さんは私が衣緒のことをしている間、ダイニングテーブルの片付けをしてくれていた。食事の終わったものを下げ、食器を洗ってくれている。

テーブルの上には切り分けたまま食べていないふたり分のケーキと、ワイングラスが残されていた。

「お疲れ様」

「はい。克己さんも、すみません片付けしてもらって」

「すみませんなんてことはない。手が空いている方がやればいいだけのことだ」

〝家のことは女性がやるもの〟という考えの男性も少なからずいる中で、克己さんは率先してやってくれるのかと好感度が上がる。

「少し、飲み直すか」

そう誘われ、喜んで「はい」と頷いた。

「衣緒が絶賛していた通り、芽衣のハンバーグは絶品だったな」

「本当ですか？」

「ああ。ふわふわで肉汁がじゅわっと出てきてな。店で食べるプロのハンバーグのようだった」

「そんな、褒めすぎですよ」

クーラーで冷やされているワインボトルを手に取り、ワイングラスに注いでいく。

「お世辞じゃない、事実を言っただけだ」

「そうですか……？　じゃあ、素直に喜ばないとですね。ありがとうございます」

再びグラスを傾け乾杯をする。

衣緒が「おいしい！」と食べてくれていた手作りケーキにフォークを通すと、甘すぎないヨーグルトクリームがワインによく合う。

フルーツをたくさんのせたのは正解だった。

「衣緒の嬉しそうな顔をたくさん見られる誕生日会だった」

「そうですね」

実家で祝った一歳、二歳の誕生日も賑やかで楽しかったけれど、やっぱり家族水入らずの誕生日は格別だった。

振り返ってみても三人での生活は穏やかで楽しい。

こんな毎日を送っていけたら……いろいろな場面でそんなことを何度も思った。

静寂が訪れていたリビングに、お互いの「あの」という声がハモる。

気が合ったことにクスッと笑い合い、「どうぞ」と克己さんに先を勧めた。

「一緒の時間を過ごしてみて、やっぱり俺の気持ちは変わらなかった。むしろ、固まった。ふたりと家族になりたいと」

時間を共有する中で、克己さんと同じ想いだったことが嬉しい。

はやる気持ちを抑えて「私も」と切り出す。

「今、同じ気持ちです。衣緒のことを一番に考えて、衣緒のためにも、家族で一緒にいられたらって」

克己さんが、安堵したような穏やかな笑みを浮かべ、「よかった」と、やっぱりホッとしたように呟いた。

「ちょっと待ってて」

克己さんは席を外し、一度リビングを出ていく。すぐに戻ってきた彼は両手を後ろに隠し私のもとまでやって来た。

なんだろうと、顔を見上げ、ジッと彼を見つめる。

すっとテーブルの上に置かれたのは、黒いリングケース。

「え……これは？」

「開けてみて」

突如《とつじょ》目の前に置かれたリングケースに鼓動の高鳴りを感じながら、その上部をそっと開いていく。

「わっ……綺麗」

現れたのは、大粒のダイヤモンドのエンゲージリング。きらりと輝く大きなダイヤは、サイズ違いのダイヤに囲まれ華やかで豪華だ。

克己さんは私の前で片膝をついた。リングを取り、私の左手をそっと掴む。光り輝くエンゲージリングが、私の薬指へとゆっくりはめられていった。

「俺と……結婚してください」

聞こえてきた声に、瞬きを忘れて克己さんを見る。克己さんは真剣な目で私をじっと見つめていた。

「はい……よろしく、お願いします」

突然のプロポーズに返事の声が震える。

克己さんは穏やかに微笑んで、エンゲージリングをはめた左手を両手で包み込んだ。

「よかった。やっぱり、いざこうしてプロポーズするとなると、緊張するものだな」

いつも堂々としている克己さんに、緊張などという言葉は無縁だと思っていた。でも、私の心臓もかなりバクバク鳴っている。

「私も、驚いて、心拍が……」

そんなことを言い合い、目を合わせてふたりしてクスクスと笑う。

「それから、これも……」

克己さんはリングケースと共に持ってきたふたつ折りにされていた紙を開き、それを私に差し出した。

目に飛び込んできた〝婚姻届〟の文字に、またどくっと鼓動がひと際大きな音を立てる。

婚姻届にはすでに克己さんの記入が済まされている。

「実は、芽衣と再会してすぐ、取りに行ったんだ」

「えっ……」

克己さんは私の手を取り、ダイニングチェアから立ち上がらせる。そのままリビングのソファへと連れていかれ、ふたり並んで腰をかけた。

「気が早いと思っただろ」

「いえ……驚きましたけど、でも、再会してすぐにそんな風に思ってもらえてたのは、すごく、嬉しいです」

「当たり前だ。離れる前から、将来のことを考えてたくらいだったんだ」

手にある婚姻届に、そんな克己さんの想いが込められていると思うとより重みを感じる。

「では、私もここにサインを、させてもらいますね」

「ああ。書いたら役所に行こう」

婚姻届がそっと抜き取られ、手を握られる。

「芽衣」

アーモンド型の切れ長の目にジッと見つめられると、吸い込まれるような感覚に陥る。克己さんと初めてこんな風に見つめ合った時も、まったく同じように目が離せなくなった。

克己さんの指先が髪を梳《す》き、頬を滑る。そのまま首に触れ、首後ろに回った手に引き寄せられた。

数秒唇が触れ合い、克己さんは近距離で私の顔を見つめる。

改めてまじまじと顔を見られるのはやっぱり落ち着かない。

「ドキドキ、します」

視線が泳ぐ私を、克己さんはふっと笑う。

「私たち……お付き合いにもならないまま、離れてしまいましたからね」

「そうだな。付き合うという過程を飛び越えて、次に会った時には親になってた」

あの時お互いに、誤解をせず、対話をしていれば、こんな風にはならなかったかもしれない。

今となっては、どんな人生を歩んでいたのか想像もつかないけれど、それは今だからこそ考えてしまうことなのだろう。

「だからこれから、芽衣とはお付き合いを始めていくつもりでいる」

「克己さん……」

「家族になるけど、付き合いたてのカップルみたいで新鮮かもしれないな」

「そうですね。それも、楽しいかも」

クスッと笑い合い、顔が近付く。目を閉じると再び唇が奪われ、今度はすぐに舌が差し込まれる。貪《むさぼ》るような口づけにあっという間に息が上がった。

後頭部に手を添え、そっとソファに体が倒されていく。

胸の内側から心臓が叩いているように激しく音を立てて止まらない。

覆い被さってきた克己さんが耳元に唇を寄せた。

「芽衣から許しが出るまで、触れるのはダメだと我慢してきた」

囁くような低い声に意識が集中する。全身の熱が上がるのを感じながら、そっと背中に手を回した。

「でもう、抑えきれない」

乱れた髪を指でかきわけ、耳朶《みみたぶ》に口づけられる。

「あっ——」

それだけで体がびくっと跳ねてしまい、急激に恥ずかしさに襲われた。

トップスの裾から長い指が入り込んでくる。私の体が熱いからか、素肌に触れた指先が冷たく感じた。

「まだなにもしてないのに、くすぐったいのか?」

私の体がぴくんぴくんと反応してしまっているせいか、克己さんはそんなことを言って微笑む。

「違います、そうではないですけど……勝手に、体が」

脇腹を撫で、指先は下着の淵を辿《たど》って背中の留め具を探り当てる。胸元がふっとしめつけから解放された。

服をめくり上げられそっと膨らみに触れられると、また小さな悲鳴をあげてしまう。

優しいタッチで敏感な部分を攻められ、体を震わせ甘い声を漏らした。

「やっ、ダメ」

「ダメ……?　本当にダメなら、これ以上はやめておくが」

口角を上げ、克己さんは私の様子をうかがいながら聞く。

その表情は、私の〝そうじゃない〟という心情を見透かしているようで羞恥《しゅうち》に襲われる。

「かわいいよ。ずっと、こうしたかった」

その甘い囁きだけで十分くらくらとめまいを起こしそうになる。

太腿を撫でていた指先がショーツへと触れ、腰からゆっくりと引き下げられていく。

「っ、克己、さん……」

一度体を重ねたとはいえ、やっぱり恥ずかしさは消し去れない。

「恥ずかしい、です……」

私の訴えを耳に、克己さんは唇に意地悪な笑みをのせる。

「もう、芽衣のすべては堪能済みだけど」

「でも、久しぶりです」

「俺はずっと忘れてないよ。ちゃんと記憶してる」

そう言った克己さんの指先が太腿の間に滑り込んできて、思わず挟むように力が入ってしまう。「こら」と耳元で甘く叱られ、観念して脚の力を解いた。

「あっ、やっ――」

『ちゃんと記憶してる』という言葉通り、私の弱い部分を熟知した指先にまんまと啼《な》かされ、慌てて口元を両手で覆う。

「芽衣……君が欲しい」

吐息混じりの囁きにごくりと乾いた喉を鳴らし、迫る端整な顔を見つめる。

克己さんは愛でるようなキスで唇を塞ぎ、ゆっくりと深く体を重ね合わせた。

静寂に包まれるリビングで、ふたりの熱い吐息が混じり合う。

離れていた時間を取り戻すように、じっくりと時間をかけて互いの体温を確かめ合った。


翌朝、目が覚めると寝室のベッドには誰の姿もなく、私ひとりきり。

耳を澄ますとリビングの方から衣緒の声が聞こえてきた。

寝坊してしまったと慌てて体を起こすと、時刻は六時を回ったところ。

まだ寝坊とは言えない時間だけど、克己さんが衣緒を見てくれているのだと思うと急いでリビングに顔を出した。

「すみません、おはようございます」

リビングでは、衣緒と克己さんが昨日のプレゼントのキックバイクを箱から出して組み立てをしていた。

「ママ、おはよう！」

「おはよう。ごめんね、ママ起きなくて」

「ううん。パパにじてんしゃつくってもらってたからだいじょうぶだよー」

克己さんは組み立ての手を止め私に目を向ける。

「もう少しゆっくり寝ていてもよかったのに」

口角をわずかに上げる克己さんは、昨晩眠ったのが遅かったからそう言っているのだろう。

思い出すと娘もいるのにこんな朝っぱらから赤面してしまう。

「いえ、大丈夫です！」

今日、克己さんは午後から数時間病院に顔を出すと言っていた。

午前中は昨晩書いた婚姻届を提出しにいく予定だ。夕方には、克己さんのご両親が急遽時間が取れたそうで、衣緒も連れて顔合わせを兼ねた食事会が予定されている。

克己さんの話によれば、ご両親は私との結婚について特に口出しをすることはないという。

そういう部分はすべて彼に任せているそうで、克己さんが私との話をした際には早く会いたいと大歓迎してくれていたと聞かされた。

「……よし、完成だ」

組み立て終わったキックバイクに衣緒はさっそくまたがってみせる。

克己さんがヘルメットも装着してくれて、衣緒は嬉しそうにハンドルを握った。

「できたー?」

「はやくこうえんでのりたいなぁ」

「次の休みに行くか」

「うん！　いくー！」

父と子の微笑ましい姿を目に、「コーヒー淹れますね」とキッチンに入る。

衣緒もすっかり克己さんに懐いた。こうして見ていてももう親子にしか見えない。

「パパー、ありがとう！」

「衣緒、おいで」

バイクを降りた衣緒のヘルメットを外し、克己さんは腰を屈めて衣緒と向き合う。

衣緒は「だっこ！」と克己さんに正面から抱きついた。

10、幸せの絶頂で吹き荒れた嵐

関東も梅雨入りが発表された六月中旬。

「──と、いうことで、うちとしては佐久間の出戻りは心強いわけだけど、以前とは勤務形態が変わるから、頼りすぎないこと」

そう言った師長は、「町田、わかった?」と、わざと美波を名指しする。

美波はにこりと笑ってぴんと手を上げ「了解です!」と威勢よく返事してみせた。

克己さんからの打診もあって、私は再び東日本医科大学病院の救命救急センターで勤務することとなった。

でも、今は衣緒との生活を考えて、夜勤はなしの日勤のみ。

救命という科目柄、なにか緊急の事態となれば保育園へのお迎えが難しいため、衣緒は院内の保育所に預けることになった。

私の出戻りと同時に、驚かれたのは克己さんとの関係。

実は子どももいたことがセンター内に広がると、私を知っている人間はかなり驚き騒ぎになったと美波が言っていた。

一度退職したあの時、実は克己さんの子を妊娠していたのだから。

詳しい事情は話していないけれど、克己さんは渡米し、私は退職して日本に残った話を知った面々は、仕事絡みの複雑な事情があってやむを得ず離れ離れになってしまったのだろうと同情してくれたりもした。

『私だけ先に話してもらってたから、ちょっと優越感だったわー』

なんて、唯一話を知っていた美波は笑っていた。

衣緒が安定期に入った六カ月頃、美波には妊娠の事実を連絡した。彼女にはちゃんと打ち明けたいと思っていたからだ。

「いやー、芽衣が帰ってきてくれてほんとよかったわ」

「前みたいに戦力にはならないけど、私も戻ってこれて嬉しいよ」

「なに言ってんの。師長も、元からいる面子《めんつ》は芽衣の復帰をどれだけ待ち望んでいたことか」

そんな風に言ってもらえることが、なによりありがたいし嬉しい。

嘘をついて急に辞めた身なのに、それすら仕方ない事情があったからだとみんなに気遣ってもらった時は泣きそうになった。

「でも、やっぱり元宮先生が一番嬉しいんじゃない？　芽衣が復帰してくれたのは」

「えぇ？」

「あ、いや、変な意味じゃなくてね。やっぱり、フライトも芽衣と組んでた時の方が仕事しやすかったように見えるからさ、私から見ても」

「そうなの……？」

克己さんからは、帰国してからの仕事について特になにか不満など聞いていない。もともとそんなに愚痴などを漏らす人ではないと思うけど、美波から見て気にかかる点があったのだろうか。

「うん。後任の子たちもさ、結構入れ替わりがあって、師長も頭抱えちゃってた時期があってね。元宮先生が帰国したあたりくらいからは少し落ち着いたけど、何度か元宮先生が直々に注意したりしてる場面を見かけてるから、やりづらいのかなって思ったりして」

「そうだったんだ……」

「聞いてない？　元宮先生から」

「うん、特には」

美波は意外そうに「そっか」と小さく息をつく。

「まあまあ、また芽衣がフライトに復帰するし、元宮先生もストレス感じなくなればいいよね」

私の肩をぽんと叩き、「採血行ってくる」と美波はその場を後にした。

彼女の後ろ姿を目で追っていくと、ガラスの仕切りの向こうに搬送患者のベッドを回る克己さんの姿が見える。

同居を始めてから、早二週間。

ここ最近、克己さんとはプライベートな時間にほとんど顔を合わせていない。

私も職場復帰で仕事は連勤だったし、克己さんもオペなどの予定が続いていた。その上、衣緒が胃腸炎にかかり数日看病に忙しくなったりもして、一緒に食事をする都合すらつかなかったのだ。

でもそろそろ、仕事も生活も落ち着いてきて一緒に過ごせる時間も増えていくに違いない。

昔と変わらず、常に真剣な眼差しで業務をこなす克己さんを盗み見る。

看護師に指示を出していた彼の視線が不意にこちらに向き、目が合ってどきりとしてしまう。

誰にもわからない程度の一瞬だけ笑みを浮かべて見せてくれ、どきりとした心臓がとくとく音を立ててしばらく落ち着かなかった。

「衣緒ー、お待たせ！」

終業十七時過ぎ。

着替えを済ませて直行で院内の保育所に向かう。

今日から初めての場所で過ごした衣緒も、不安な一日を送ったかもしれないと急いで迎えに行くと、私の心配をよそに夢中で遊んでいる姿が見えた。

「ママー！　おかえりなさい」

「ただいま。いい子に遊べた？」

「うん！　あそべたよー。ブロックしたり、おえかきもした！」

「そう、よかったね」

嬉しそうに「うん！」と眩しい笑顔を見せる衣緒。

新しい環境にも順応してくれているようでひと安心だ。

「あっ、パパー！」

えっ……？

衣緒が私の後方に向かって声をあげ、つられるように振り返る。

私がやって来た通路の方から、スクラブ姿の克己さんがやってくるのが目に入った。

「お疲れ様です」

仕事上の挨拶で頭を下げる。

克己さんも「お疲れ様」といつもの仕事のトーンだ。

「そろそろ、芽衣がお迎えにいく頃かと思って、ちょうど手が空いてたから」

「そうだったんですか。わざわざ、ありがとうございます」

「ああ。実はお昼過ぎにも、少し様子が気になって衣緒に気付かれないように様子を見にきたんだ。今日が初日だったから」

「そうだったんですね……！」

衣緒のことを気にかけてくれていたことが嬉しい。

仕事の合間にここまで来てくれたんだ。

「一日楽しく過ごせたみたいなので、とりあえずよかったなと。これで、安心して復帰できます」

「ああ、そうだな」

保育士に挨拶をし、保育所を後にする。

一緒に廊下を歩く克己さんは、この後まだセンターに戻って仕事があるようだ。

「パパー、バイクいつのりにいけるのー？」

「約束してたのに、なかなか連れていけなくてごめんな」

「はやくいきたいなぁ」

衣緒は誕生日の時の約束を今も楽しみにしていて、胃腸炎から復活した数日前もパパといつ公園に行けるかを私に聞いていた。

もうすっかりパパっ子になった衣緒の姿に、思わずクスッと笑みがこぼれる。

今も克己さんの横にぴったりくっつき、手を繋いでもらっている。

その様子を黙って見守りながら、無意識に「あの」と克己さんに声をかけていた。

「今晩は、一緒に夕飯は食べられそうですか？」

「ああ、これから昼にオペをした患者を回診して、今日はそれで終わりだ」

「本当ですか？　じゃあ、久しぶりに三人で食事をしましょう！」

「そうだな、そうしよう」

私たちの会話を聞いていた衣緒が、「パパかえってくるの？」とすでに内容を把握して聞いてくる。

「うん、帰って来られるって。衣緒はパパとなに食べたい？」

「んー、ママのミートスパゲッティーがいい」

「じゃあ、帰りに材料買って帰ろうね」

そんな会話を繰り広げながら、救命センターへ近付く。

「では、先に帰って支度してますね」

「ああ、気を付けて。なるべく早めに帰る」

衣緒とふたり、救命センターに向かう克己さんのスクラブ白衣の後ろ姿を見送った。

「……やだ、衣緒ごめん。ママ、水筒を病院に置いてきちゃったみたい」

克己さんと別れて数分後、関係者通用口に差しかかったところでバッグの中にマイボトルがないことに気付いて足を止める。

夕方、医局で差し入れのスイートポテトをいただき、その時にお茶を飲んで置きっぱなしにしてしまった記憶だ。

病院を出た後に気付いたのなら諦めるけれど、まだ出る前なら取りに戻りたい。

「ママわすれものしたのー？」

「うん、ごめん。取りに行かなくちゃ」

「じゃあ、いお、ここでぬりえしてまってる」

通用口手前に設置してあるベンチシートにのぼった衣緒は、自分のリュックからお気に入りの塗り絵ブックと色鉛筆セットを取り出す。

「本当？　すぐ行ってくるけど、待っていられる？」

一緒に連れていこうとしていたけれど、衣緒は塗り絵をして待つと言う。

ここは病院内スタッフ通用口だし、目の前には管理人室もある。一応念のために管理人にひと声かけ、「すぐ戻るからね」と衣緒にも念を押して救命センターに駆け足で向かった。

外来も終了した病院内はしんと静まり返っている。

水筒を取りに戻りながら、自宅にある食材を思い出す。

ミートソースを作るなら、買うのは豚ひき肉と、玉ねぎはまだ何玉か野菜置き場にあった覚えがある。トマト缶と、あと……。

「克己さん、お願い！」

さっき克己さんを見送ったところが近付いてきた時、奥から女性のそんな声が耳に飛び込んできた。反射的に歩みが止まる。

克己さんと、誰……？　彼を下の名前で呼ぶ人って……？

見たいような、見たくないような、複雑な思いが胸をざわつかせる。

壁に貼りつき、息を呑んでそっと進行方向の廊下の先を覗いてみる。

そこに見えたふたつの人影に、まさかという思いで目を見張った。

克己さんと一緒にいたのは、あの上原さん。

どうして、ふたりが一緒に……？

衝撃的すぎて心臓がバクバク鳴っている。

ふたりきりでなにを話しているのだろう。

見つからないように覗いていると、ふたりはなにか話しながら救命センターの方へ歩いていく。

上原さんが克己さんにくっついていて、妙に距離感が近く感じられる。克己さんの表情はまったくうかがえないけれど、ちらっと横顔が見えた上原さんは真剣な様子で、彼に迫っているように見える。

その後ろ姿を眺めながら、ふたりが向こうに消えていくまで目が離せなかった。

克己さんと上原さんが一緒にいるところを目撃した後、逃げるように衣緒を連れて病院を立ち去った。

帰りがけにスーパーに寄っても、衣緒に話しかけられても、克己さんと上原さんのことで常に頭がいっぱいだった。

買い物もうっかり鶏もも肉をカゴに入れていて、お会計寸前で気付き精肉売り場に舞い戻った。

帰宅してバタバタと夕食の準備をしながら、衣緒のお世話もしていると気は紛れたけれど、時計が十九時を回って克己さんの帰宅時間が気にかかった。

別れ際、一緒に夕飯を食べると言っていたから、そろそろ帰ってきてもいい頃だからだ。

帰宅後バッグから取り出していなかったスマートフォンを手に取る。

すると、画面には克己さんからの着信履歴が残されていた。音を切っていたから気付かなかったけれど、一時間ほど前に電話がかかってきていたようだ。

【ごめん、急患が入った。夕食はふたりで食べてくれ】

着信後に入っていたメッセージを見て、さっき病院で見てしまったふたりの姿を思い出していた。

すべすべの頬っぺたを撫で、静かにベッドを出る。衣緒の安らかな寝顔に、今日も一日が無事終わったことにホッと息をついた。

間接照明の明かりをもう一段階暗くし、部屋を出ていく。

リビングに戻った時には二十一時を回っていた。

大きな窓の向こうに広がる東京の夜景をぼんやりと眺め、ふらっとキッチンに入っていく。

シンクの中には、ふたり分のミートソースを食べた食事のあとが残されていた。

衣緒の子ども用のプレートと、私が食べたパスタ皿、スープカップなどを軽く予洗いして食洗機に入れていく。

手を動かしながら頭に浮かんできたのは、病院で見た克己さんと上原さんのこと。

水筒を取りに戻ったのに、結局医局まで行くことなんてできなかった。ふたりの後を追っていく勇気なんて、あの時の私にはなくて……。

でも、今になって少し後悔している。

もし、後をついていって声をかけていれば、今、こんなに悶々《もんもん》とすることはなかっただろうか。

できなかったことを今さら考えてもどうしようもなく、キッチンの片付けをしながらもため息がこぼれる。

以前、克己さんは、彼女とはなんの関係もないと話してくれた。お見合いも断り、交際を申し込まれてもお断りしたと。

だけど、彼女の方はきっとまだ克己さんを諦めていないのかもしれない。私が彼の元を離れるように、嘘までついてきた人だ。

もしかしたら、今も克己さんに好意を抱いて虎視眈々《こしたんたん》と彼を狙っているのかもしれない。

これが私の勝手な妄想だったとしても、今日ふたりが一緒にいたことは事実。

上原さんも医師だというから、ただ仕事の話で一緒にいただけということも大いにあり得る。

だけど逆に、ふたりが互いに医師という関係である以上、今後も関わることは避けられないのも間違いない。

私の不安を煽《あお》るように、今晩久しぶりに家族で夕食を囲もうという約束も実現しなかったし、落ち着かない気持ちは増大するばかりだ。

まさか今頃、上原さんとふたりでいたりするの……?

そんなことを思っている時だった。

玄関の方からドアの開く音がし、克己さんが帰宅したのだと手を止める。

鼓動が不穏な音を立てて静かに速まり始めた。

「起きてたか、ただいま」

リビングに入ってきた克己さんが、私を見るなり開口一番そんなことを言う。

「おかえりなさい。もっと、遅いのかと思ってました」

言わなくてもいいことを口走ったと一瞬後悔した。

ちょうど今、克己さんと上原さんが一緒にいるかもしれないなんて考えていたところだったから。

「一緒に夕食をとれなくて悪かった。衣緒とも約束していたのに」

「いえ、大丈夫です」

急患が入ったとは連絡をもらっていた。遅くなったのは、病院でなにか緊急のことがあったからだろうか。

それとも、今この場でなにも説明してくれないのは、やっぱり上原さんと一緒だったからだろうか……。

衣緒のバッグから給食セットを取り出し、スプーンやフォークをシンクの中に入れていく。

黙って片付けを続けていると、克己さんがすぐそばから私を呼んだ。

「芽衣？」

「え？」

「どうした？　なんかあったか」

克己さんは、私が上原さんと一緒にいるところを目撃しているなんて知るはずもない。私が今どういう気持ちでいるのかもわからないはずだ。

「別に、なにもないです」

「そんなことないだろ？　夕方病院で会った時と様子が違う」

そこまで指摘をされてしまい、返す言葉が見つからない。黙っていると、克己さんはまた「芽衣？」と私の名前を口にした。

「怒ってる？　もしかして、約束したのに帰ってこられなかったから？」

「ちっ、違います！」

「ごめん、悪かったと思ってる」

違う、そうじゃない。もちろん、残念な気持ちはあるし、衣緒だってパパの不在を悲しんでいた。

だけど、それは私たちの業界にいれば日常茶飯事《にちじょうさはんじ》だし、急な予定変更は致し方ない。今さらそんなことで怒ったり咎《とが》めたりするはずない。

克己さんだってわかっているはずなのに……。

「違いますから、本当に。謝らないでください」

「じゃあ他になにかあったのか？　言ってくれないと、なんだかわか――」

「克己さんのこと、信じられないです！」

自分自身の声にハッと息を呑んだ。

彼の声を遮《さえぎ》るようにして出てきた言葉は、その場の空気を凍りつかせる。

さっきからずっと考えていたことが、募っていた不安が、爆発したように口から飛び出してしまった。

「芽衣……」

私を見つめる克己さんは困惑している。

「信じられないって……俺が、なにかしたか？　芽衣がそんなことを言うようななにかを」

冷静に言葉を返してくる克己さんに、心の中でむっとしてしまう。

でも、上原さんの名前をこの場で出す気はない。私から言わなくても、自分から彼女と会っていたことを話してくれたっていいのに。

「ちゃんと言ってくれないとわからないことだって――」

「もういいです！」

これ以上話しても話は平行線をたどると思い、一方的に話を終わらせその場を立ち去る。

なにも考えのないまま衣緒の眠る部屋に向かい、すやすやと眠るそのとなりに潜り込んだ。

なに、してるんだろ……。

理由も言わずひどい態度を取って逃げてしまった自分にうんざりする。

克己さんもあんな態度を取られて呆《あき》れてしまったはずだ。

どうしよう。

ただそれだけを思いながら、いつの間にか夢の世界へと旅立っていた。

11、深まる家族の絆

　昨日までどんよりとして雨を降らせ灰色だった空は、今朝やっと晴れて陽の光を見せてくれた。この雨はもう三日は続いていたけれど、梅雨の中休みのようだ。

　朝の申し送りを受け、今日も一日が始まる。昨晩は大きな事故もなく夜勤メンバーは平和に退勤していった。

　点滴の追加オーダーのチェックをしていると、向こうの廊下を克己さんが足早に通り過ぎていく。

　ちらりと姿を視界に入れたものの、目を逸らすようにして手元の作業に集中した。

　あの言い合いになってしまった夜から、今日でちょうど一週間。

　あの日から、克己さんとは面と向かってちゃんと話せていない。

　あのまま衣緒の横で眠ってしまった翌朝は、克己さんと顔を合わせたものの、急な呼び出しが入り彼はバタバタと出かけていってしまった。

　そのまま当直の日があったり、緊急オペが入ったり、なんだかんだ克己さんは毎日忙しく、話せる機会がないまま時間だけが過ぎている。

タイミングがないならメッセージでも入れようかと何度もメッセージアプリを開いたものの、なんと送ればいいのか悩んでスマートフォンを置いてしまうことを繰り返している。

これって、ケンカなのかな……。

初めてこんな変な空気になってしまい、どう修復したらいいのかわからない。

でも、こんなの嫌で、早く元通りに戻りたい。

そもそも私が理由も告げずにあんな嫌な態度を取ったのが発端で、克己さんはわけがわからないはずだ。

そんな状態でこんなに時間だけが経過して、彼は呆れかえってしまっているかも。もう勝手にしろと、そう思っているから、話そうともしないし、連絡もしてこないのかもしれない。

ひとりで悩んでいるくらいなら、ちゃんと克己さんに話した方がいい。

あの時のこと、上原さんと一緒にいるところを見て不安に思った気持ち。それから、勢いで言ってしまった〝信じられないです〟なんてひどい言葉も撤回して謝りたい。

休憩時間になったら、連絡をしようと思い始める。とりあえず話したいと、そうメッセージを送ってみよう。

《東京消防庁赤坂《あかさか》消防署よりドクターヘリ要請です》

救命センター内にドクターヘリ要請のコールが入り、ただちに近くにいたドクターが応対に入る。

《北青山《きたあおやま》二丁目のビル建設現場にて、足場崩落の事故が発生しました。作業員数名、現場周辺を通りがかり事故にあった数名の傷病者がいます》

工事現場の足場崩落の事故と聞き、その場に緊張が走る。

応対に入った武藤先生がCSに「飛べますか?」と聞くと、すぐに《青山方面視界良好です、飛べます》と返答が聞こえてきた。

「元宮先生は今からオペだから、俺と佐久間さんとで向かおう」

武藤先生から指示を受け、「わかりました」とすぐに出動の準備に向かう。

そばにいた美波が「代わるよ」と点滴オーダーを引き継いでくれた。

「ありがとう。行ってくる」

ジャケットを羽織り、救急バッグを背負ってヘリポートへと飛び出していく。

昨日までの雨も上がり、視界良好でよかったと思いながら待機するドクターヘリに乗り込んだ。

現場までは五分ほどで到着する。

上空に舞い上がったヘリの中で、武藤先生が消防と連絡を取り合うのを耳にしながら、必要事項があれば書き留めようといつも通りノートとペンを手にした。

《未だ救助中の傷病者が二名。管内で搬送できる救急を問い合わせています》

「わかりました。状況によってはうちの方に搬送手配します」

ドクターヘリの緊急着陸は、現場近くの小学校の校庭が指定される。そこからすぐのところが事故現場だそうだ。

ヘリが着陸態勢に入ると、校庭の向こうから救急隊員が走って近付いてくるのが目に入る。

ヘリが着陸すると、「こちらです！」と私たちを先導して現場に向かって走り出した。武藤先生に続き、現場にいち早く到着できるよう駆けていく。

到着したビル建設現場は未だ混乱を極め、先に駆けつけていた消防のレスキュー隊が鉄骨に挟まれた人たちの救助に尽力《じんりょく》していた。

「こちらにお願いします！　足元、気を付けてください」

救急隊員の案内で、救助され治療を待つ傷病者のもとへ向かっていく。

そんな時だった。突風が吹き荒れ、どこからともなく「危ない！」という声が耳に届く。

反射的に見上げた先、積んである鉄パイプが転がり落ちてくるのがスローモーションで目に入った。

「武藤せんせっ――」

咄嗟に前を歩く武藤先生を背中から突き飛ばす。彼の上に確実に落ちてくるであろう鉄パイプたちが見えて、体が勝手に動いていた。

頭に衝撃が走った直後、腕や頬を強打する感覚を覚えた。

「佐久間さん？　佐久間さんっ――」

武藤先生の叫ぶ声が遠くに聞こえていた。

＊＊＊

滅菌グローヴとガウンを脱ぎ、医療廃棄物のバケツに突っ込む。

通りすがる看護師たちが「お疲れ様でした」と声をかけてきて、「お疲れ様、ありがとう」と、アシスタントを務めてくれたことへの礼を口にした。

予定よりスムーズに終えた脳のカテーテル手術。一時間半はかかると思っていたが、オペ開始時刻からちょうど一時間が経ったところだ。

オペ室を出て救命センターへと向かっていると、通路の向こうから看護師の町田が駆けてくる。

「元宮先生！」

院内で走ることは基本禁じられているが、俺の姿を見つけた瞬間猛ダッシュで近付いてくる。なにかただことではない空気を感じた。

「先生っ、芽衣が」

慌てた様子で彼女が芽衣のことを伝えようとしているのを見て、やはりなにかが起きたのだと察する。

「どうした？」

「今さっき、出動して、それで、現場で負傷したって連絡が今」

報告された内容に頭の中が真っ白になる。

負傷――芽衣が？

「負傷って、詳しい状況は？　今どこに⁉」

「意識がないと聞いていて、現場で、崩落があったみたいなんです。それに巻き込まれたって。今、ヘリでうちに搬送されてくるところで」

返事もできないまま、今度は俺の方がその場を駆けだしていた。

崩落事故に巻き込まれ、意識不明。間違いなくすぐに処置をしなければならない。

ヘリポートへ向かう通用口を飛び出すと、たった今着陸したと見られるドクターヘリが中からストレッチャーを下ろしていた。

無我夢中で駆けていく。

徐々に近付き見えてきたストレッチャーの上には、目を閉じた芽衣が横たわっていて目を疑った。

なにかの間違いであればと、今ここに来るまで思っていた。

願い虚しく、突きつけられた現実に激しく動揺する。

「元宮先生、俺の、俺のせいなんです！　すみません！」

ストレッチャーに貼りつくようにして一緒に降りてきた武藤が、今にも泣きそうに顔を歪めて俺のもとに駆け寄る。

「俺をかばって、佐久間さんが。俺だったらよかったのに……！」

「今そんなことはどうでもいい。状況は」

「あっ、は、はい。鉄パイプ崩落で頭部強打、のちに転倒。自発呼吸はありますが、意識が戻りません」

頭部外傷によるショック状態――。

自らストレッチャーを押して病院へと向かっていく。検査の結果によっては、緊急オペが必要になる可能性もある。

片手でスマートフォンを取り出し、検査のオーダーを連絡する。

「本当にすみません、俺が、俺のせいで」

「いい加減にしろ。今は、彼女を助けることだけを考えろ」

今にも泣きだしそうな武藤を厳しく諭す。

「それに、俺のせいでなんて口が裂けても言うな。そんなんじゃ、彼女がお前を守ったのが台無しだ」

俺のその言葉を受け、武藤はただ「はい！」と力強く返事をした。

なにがあっても、たとえ困難なオペとなっても、必ずこの手で助ける。

彼女を愛しているからこそ、頭の中ではただ医師として最善の治療を施すことだけで頭がいっぱいだった。


頭部CT、MRI等の検査の結果、外傷性ショックはあるものの脳内出血や血腫が見られることもなく、緊急のオペにはならなかった。

頭部からの出血が見られ、数針縫う処置は行ったが、開頭《かいとう》する大きなオペにならなかったことにはひとまず安堵した。

しかしまだ意識は戻らず、経過観察を行いながら救命センターのベッドで横になっている。

本来なら勤務を終えて衣緒を迎えに行く時間だが、急遽湊斗君に衣緒を預かってもらうことになった。

時間の経過と共に脳内に出血が見られる場合もあるから、まだ油断はできない。

それに、レントゲン上問題がないとはいえ、意識障害等を起こすことも稀《まれ》にある。

もし、目を覚ました時に記憶障害などを引き起こしていたら……。

そんなマイナスな展開ばかりがさっきから頭の中をめぐっていた。

一週間前、芽衣と初めてケンカのような雰囲気になってしまった。

『克己さんのこと、信じられないです！』

あの時の、芽衣のどこか悲しそうな表情と精一杯口にしたであろう言葉が今も忘れられない。

思い当たる節がなく、その時は少し強く言葉を返してしまった。信じられないという言葉自体にショックを受けたからだ。

だけど落ち着いて考えてみれば、なにもないところで芽衣が俺に対してそんな言葉をかけるはずもなく、きっと芽衣にとってその言葉を発するまでのなにかがあったはずだという考えに至った。

それならばちゃんと話をして、彼女の不安をすべて綺麗に解消しなくては。だけど、心当たりはなく、いくら考えても思い当たる節がない。

そんなことをしているうちに仕事は多忙を極め、なんと声をかけたらいいのか悩んでいたところに今日の事故が起こった。

未だ目を瞑《つむ》って横たわる芽衣の頬には、転倒時に負った擦り傷を覆うように保護シートが貼られている。

愛しい彼女の痛々しい姿に、ずっと胸は重苦しい。

もし、目を覚ました時に記憶に障害があったら……。すべてを忘れてしまっているなんてことになったら、もう立ち直れないかもしれない。

ひとりで悩むなんて時間の無駄はせず、芽衣を捕まえてちゃんと話をすればよかった。こんなに愛してやまないのに、その気持ちをもっともっと伝えていればなにか不安にさせることもなかったかもしれない。

言葉でも態度でも、常に抱いている彼女への想いを惜しみなく伝えていれば……。

今さら後悔しても時間は取り戻せないのに、いつもこうやって時を戻せたらなんて考えに陥《おちい》る。

もう、絶対にこんな後悔をしなくて済むように、芽衣が目を覚ましたら伝えたい。

ジッと瞑ったままの目を見つめていると、ほんのわずかにぴくっと瞼《まぶた》が動くのを目撃した。

＊＊＊

「──衣？」

遠くの方でなにか聞こえる。

「──芽衣？」

それがはっきりと克己さんが私を呼びかけている声だとわかり、重い瞼を持ち上げていく。

「……克己、さん？」

ぼやけて見えてきたのは、私の横たわるベッドの前に立つスクラブ姿の克己さん。

「芽衣！　目が覚めたな」

「……私、さっき、出動して……？」

「ああ、現場で事故に巻き込まれて、数時間意識がなかった」

「えっ……」

ビル建設現場へ、武藤先生とドクターヘリ要請があって向かったことをすぐに思い出せた。

傷病者の待つ場所に案内されていた時、通りがかったところに積んである鉄パイプが数本転がり落ちてくるのが目に入って、目の前を歩いていた武藤先生への直撃を回避するために後方から押したのだ。

「武藤先生は……？」

「無事だ。芽衣の咄嗟の判断と行動で、無傷だった」

「よかった……」

武藤先生にケガがなかったと知り、ホッとする。よかったと、心から思った。

「でも、芽衣が負傷したと知って、心臓が止まりそうだった。目の前が真っ暗になりかけた」

「克己さん……」

克己さんは私の手を取り、強く握りしめる。その強さから心底心配してくれていたのがひしひしと伝わってきた。

「でも、よかった。意識も戻って、記憶もある。よかった……」

柔和な笑みには、募らせていた不安も覗いている。

いつも凛としている克己さんのこんな弱った顔は見たことがなくて、胸がギュッと締めつけられた。

「ごめんなさい、心配をおかけして」

「無事だったんだ、それだけで十分」

こうして面と向かって話すのが、久しぶりに感じて思わずふふっと笑ってしまう。

克己さんは不思議そうにジッと私を見つめた。

「出動要請が入る前、ずっと、克己さんのことを考えていました。謝りたいなって。休憩時間をもらったら、連絡をしようって。この間のこと……」

ひどいことを言って逃げてしまった自分を、もう一度反省する。

「ひどいことを言って、ごめんなさい。信じられない、なんて……。思ってないんです、そんなこと本当は」

克己さんは黙ったまま、ただ私の手を握って話を聞いてくれている。

「あの日……私、克己さんが上原さんといるところを見てしまって。それで、不安になって……」

私からの話を聞き、克己さんは「そうだったのか」と落ち着いた口調で答えた。

「確かに、あの時彼女には会った。仕事の関係で来ていたらしいが、芽衣に嘘をついたことを説教した。何度『お願い、許して』と乞われても怒りが収まらなかったが、深く反省しているようだったし、もう二度と芽衣を傷つけない、俺たち家族の邪魔をしないと、約束させたよ。それだけだから安心してほしい」

私が聞いた上原さんの言葉は、克己さんに謝罪していた時のものだったんだ……。

「そうだったんですか。遅くなったのは、彼女は関係なく？」

「まったく関係ない。あの日は、帰ろうと思ったところに搬送の連絡が入って一応残ったんだ。先週末に外科病棟に移った患者がいただろう」

「そっか……」

心配や不安が一気に解消されていき、安堵から深く息をつく。

克己さんは握る私の指先にギュッと力を込めた。

「不安にさせてすまなかった。もっと、ちゃんと話をしていればこんなことにならなかった」

「克己さんはなにも悪くないです。あの時、黙っていた私が悪いですし、それに、そんなことでひとりで不安になって、ひどいことを」

「そんなことで、なんて思わない。芽衣が不安に思うことは全部綺麗に解消したいし、そうすると決めたんだ。生涯《しょうがい》幸せにすると誓ったんだから」

誠実で真摯《しんし》な言葉が胸を打つ。

こんなにも真っ直ぐ愛してくれている人に対して、一瞬でも不安になった自分が悔しくなった。

「克己さん……ごめんなさい。これからは、勝手に不安になったりしません」

「ああ。俺たちは夫婦なんだから、言いたいこととか、不安不満があればちゃんと言い合えばいい」

「はい、そうですね。でも、克己さんに不満なんてないです」

「そんなこと言ったら、俺の方がないよ」

そんなことを競い合ってクスクスと笑い合う。

克己さんは握った手を両手で包み込み、「芽衣」と優しい声で私を呼んだ。

「これからもずっと、大切にする。なにがあっても一生離さないよ」

とくとくと鼓動が幸せな音を立てて高鳴っていく。

「私も、克己さんとずっと一緒にいます。離れません」

繋がれた温かい手を握り返すと、克己さんは今までで一番優しい笑みを浮かべてくれた。

梅雨明けした空の下、ピンク色のキックバイクにまたがる衣緒に、克己さんが寄り添う。

小さな手でハンドルを握る衣緒の手に、克己さんの大きな手が重なり、倒れないように支えている。

「いいか、衣緒。ハンドルからは手を離しちゃダメだからな。座ったまま、ゆっくり歩いてみよう」

「パパ、はなさないでね！」

「大丈夫だ。離さないよ」

ふたりの姿を少し離れた場所からスマートフォンで撮影する。写真で撮って、動画でも記録を残す。家族で過ごす時間は、どんな瞬間でも宝物だからだ。

「衣緒、頑張って！」

スマートフォンを構える私に向かって、衣緒が「ママー！」と声をあげる。

「こわいよー！」

「大丈夫だよ、パパが支えてくれてるから」

克己さんの指導のもと、衣緒はキックバイクにまたがったままゆっくりと歩き出す。楽しそうなキャッキャとした声が公園の広場に響いた。

「飲み込みが早いな。すぐに乗りこなしそうだ」

しばらくすると、少し前まで怖いと言っていた衣緒は、ひとりハンドルを握って広場をぐるぐると歩き回り始めた。

克己さんがそばで見守っていた私のもとへやってきて、ふたり並んで楽しそうな衣緒の姿を眺める。

「そうですか。そういうところ、克己さんに似たんでしょうね」

「俺に？」

「克己さんはなんでも卒《そつ》なくこなすでしょうし、きっと飲み込みも早いでしょうから」

「それを言うなら、芽衣の方じゃないか？　俺なんかより器用で気が利く」

「そんなことないですよ！」

夫婦で他愛《たあい》ない会話を楽しみながら愛しい我が子を見守る、優しくかけがえのない時間。自然と顔には笑みが浮かんでくる。

「こうやって、来年も再来年も、ずっとその先も……家族揃って思い出を作っていきたいな」

今、まったく同じことを考えていた。

温かいまなざしで衣緒を見つめる克己さんに、横からそっと抱きつく。

「私も、同じことを思ってましたよ」

これから、衣緒の弟妹が、私たちの家族が増えたりもするかもしれない。

楽しいことも、悲しいことも、嬉しいことも、辛いことも、家族がいつも一緒なら、すべて大切な思い出になっていく。

克己さんの手が応えるように私の背に回り、優しい力で抱き寄せる。

「パパー！　ママー！　みてー、のれてるー？」

いつの間にか地面を蹴ってキックバイクで走り回っていた衣緒の姿に、ふたりして顔を見合わせて笑い、愛する我が子のもとへ駆けていった。

Ｆｉｎ

あとがき

ここまでお読みいただきありがとうございます、未華空央です。

この度は『お別れした凄腕救急医に見つかって最愛ママになりました』をお手に取っていただきありがとうございました。

これまでベリーズ文庫では様々な診療科目のドクターを描いてきましたが、救急医、フライトドクターは今作が初めてで、私自身も調べものの段階から楽しみながら書かせていただきました。看護師のヒロインも久しぶりでしたが、仕事に一生懸命で患者の気持ちに寄り添える芽衣は、私の中で〝THEヒロイン！〟というキャラクターで、書いていて気持ちがよかったです。

同じチームで互いを信頼し合って働く芽衣と克己が、ちょっとしたきっかけで一歩踏み込んでプライベートでの付き合いが始まり、そして惹かれ合っていく……。そんなオフィスラブ的なストーリーも未華的には大好物です（笑）ので、その点も楽しめたひとつでした。

そして、シークレットベビーものということで、とにかく娘の衣緒をかわいく書きたい！と思いながらの執筆でした。ちょうど我が家の長女が三歳なので、普段の様子などを参考に書いた部分もあります。やはり、子どもの出てくるお話は書いてほっこりできますね〜。

今作を執筆するにあたり、大変お世話になりましたベリーズ文庫編集部の皆様には、編集の段階でたくさんお力をお借りしました。親身になって作品作りにお力添えいただきありがとうございました。美麗なカバーイラストを手がけてくださいました北沢きょう先生、幸せな三人を描いていただき感謝の気持ちでいっぱいです。

そして、いつも応援してくださる読者の皆様、こうして作品を刊行していただけたのも、皆様の応援があるからこそです。本当にありがとうございます。

またこうしてご挨拶ができる日がくることを願い、今後も筆を持ち続けていきたいと思います。

未華空央《みはなそらお》

未華空央先生への
ファンレターのあて先

〒104-0031
東京都中央区京橋1-3-1
八重洲口大栄ビル7F
スターツ出版株式会社　書籍編集部　気付
未華空央先生

本書へのご意見をお聞かせください

お買い上げいただき、ありがとうございます。
今後の編集の参考にさせていただきますので、
アンケートにお答えいただければ幸いです。

下記URLまたはQRコードから
アンケートページへお入りください。
https://www.berrys-cafe.jp/static/etc/bb

ベリーズ文庫

お別れした凄腕救急医に見つかって最愛ママになりました

2023年12月10日　初版第1刷発行

著　　者　未華空央
©Sorao Mihana 2023
発 行 人　菊地修一
デザイン　hive & co.,ltd.
校　　正　株式会社文字工房燦光
発 行 所　スターツ出版株式会社
〒104-0031
東京都中央区京橋1-3-1　八重洲口大栄ビル7F
TEL　出版マーケティンググループ　03-6202-0386
(ご注文等に関するお問い合わせ)
URL　https://starts-pub.jp/
印 刷 所　大日本印刷株式会社

Printed in Japan

乱丁・落丁などの不良品はお取替えいたします。
上記出版マーケティンググループまでお問い合わせください。
定価はカバーに記載されています。

ISBN 978-4-8137-1512-2　C0193

ベリーズ文庫　2023年12月発売

『高貴なCEOは純朴令嬢を生涯愛し囲う～俺の妻は君しかいない～【極上スパダリの執着溺愛シリーズ】』　若菜《わかな》モモ・著

ウブな令嬢の蘭は祖母同士の口約束で御曹司・清志郎と許嫁関係。憧れの彼との結婚生活にドキドキしながらも、愛なき結婚に寂しさは募るばかり。そんなある日、突然クールで不愛想だったはずの彼の激愛が溢れだし…!?　「君を絶対に手放さない」――彼の優しくも熱を孕む視線に蘭は甘く蕩けていき…。

ISBN 978-4-8137-1509-2／定価726円（本体660円＋税10%）

『ドSな御曹司は今夜も新妻だけを愛したい～子づくりは溺愛のあとで～』　葉月《はづき》りゅう・著

料理店で働く依都は、困っているところを大企業の社長・史悠に助けられる。仕事に厳しいことから"鬼"と呼ばれる冷酷な彼だったが、依都には甘い独占欲剥き出しで!?　容赦ない愛を刻まれ、やがてふたりは結婚。とある理由から子づくりを躊躇う依都だけど、史悠の溺愛猛攻で徐々に溶かされていき…!?

ISBN 978-4-8137-1510-8／定価726円（本体660円＋税10%）

『冷徹ホテル王の最上愛～天涯孤独だったのに一途な恋情で娶られました～』　皐月《さつき》なおみ・著

母を亡くし無気力な生活を送る日奈子。幼なじみで九条グループの御曹司・宗一郎に淡い恋心を抱いていたが、母の遺書に「宗一郎を好きになってはいけない」とあり、彼への気持ちを封印しようと決意。そんな中、突然彼からプロポーズされて…!?　彼の過保護な溺愛で次第に日奈子は身も心も溶けていき…。

ISBN 978-4-8137-1511-5／定価715円（本体650円＋税10%）

『お別れした凄腕救急医に見つかって最愛ママになりました』　未華空央《みはなそらお》・著

看護師の芽衣は仕事の悩みを聞いてもらったことで、エリート救急医・元宮と急接近。独占欲を露わにした彼に惹かれ甘い夜を過ごした後、元宮が結婚し渡米する噂を聞いてしまう。身を引いて娘をひとり産み育てていた頃、彼が目の前に現れて…！　「もう、抑えきれない」ママになっても溺愛されっぱなしで…!?

ISBN 978-4-8137-1512-2／定価726円（本体660円＋税10%）

『敏腕社長は雇われ妻を愛しすぎている～契約結婚なのに心ごと奪われました～』　黒乃梓《くろのあずさ》・著

大手企業で契約社員として働く傍ら、伯母の家事代行会社を手伝っている未希。ある日、家事代行の客先へ向かうと、勤め先の社長・隼人の家で…!?　副業がバレた上、契約結婚を持ちかけられる。「君の仕事は俺に甘やかされることだろ?」――仕事の延長の"妻業"のはずが、甘い溺愛に未希の心は溶かされていき…。

ISBN 978-4-8137-1513-9／定価737円（本体670円＋税10%）